CHRISTIAN OSTER

MON GRAND APPARTEMENT

LES ÉDITIONS DE MINUIT

L'ÉDITION ORIGINALE DE CET OUVRAGE A ÉTÉ TIRÉE À TRENTE EXEMPLAIRES SUR VERGÉ DES PAPETERIES DE VIZILLE, NUMÉROTÉS DE 1 À 30 PLUS SEPT EXEMPLAIRES HORS COMMERCE NUMÉROTÉS DE H.-C. I À H.-C. VII

ISBN 2-7073-1682-2

Je m'appelle Gavarine, et je voudrais dire quelque chose.

Un soir que je rentrais chez moi, je me suis arrêté devant ma porte. Au vrai, ce n'était pas exactement ma porte. Vitrée, elle se contentait de fermer le couloir de mon immeuble.

Je disposais ce jour-là de cinq poches, pas une de plus, dont je ne ferai pas ici l'inventaire. Je les fouillai, enflant les unes, dégonflant les autres, bossuant laidement celle-ci ou faisant saillir celle-là, invaginée, à la perpendiculaire de ma hanche. Rien. Tout, si l'on préfère, sauf des clés.

C'était normal. Je mettais rarement mes clés dans une poche. Je les rangeais plutôt dans ma serviette. Mais j'avais, quelque part, oublié ma serviette. Or, jusque-là, je n'avais jamais égaré ma serviette. C'est ce qui m'avait arrêté, devant ma porte.

Car, si j'étais embêté d'avoir perdu mes clés, j'étais déçu, très déçu, même, que ce fût dans ma serviette. A savoir, avec elle. C'est que j'aimais bien ma serviette. Je n'aimais pas particulièrement mes clés, bien sûr. J'en avais besoin, comme tout le monde, mais je ne les aimais pas, non, je n'avais pas d'amour pour elles, d'autant que nul porte-clés n'ornait leur grappe, auquel j'eusse pu vouer quelque attachement. En revanche, oui, j'aimais bien ma serviette. J'en avais besoin, du reste, et supérieurement, même.

En la circonstance, je préfère être franc. Sans ma serviette, je n'étais rien. Je me sentais nu. Par exemple, sans elle, je ne sortais pas. Même pour descendre chercher du pain, fût-ce du pain, je la prenais avec moi. Je glissais le pain à l'intérieur, obliquement, le croûton en proue, dépassant de l'ouverture que ménageait, sur ce modèle, le rabat en position cliquée.

Je possédais en effet jusqu'alors une serviette à clic. Ç'avait été mon choix le jour où je l'avais achetée, je n'en avais pas voulu d'autre. Et, depuis, je m'étais habitué à ce clic, je n'imaginais même plus de serviette, en général, autrement qu'à clic. Cette serviette, je l'avais faite mienne. Faute d'une définition plus complète de moi, il n'est même pas exagéré de dire que, inversement, ma serviette m'avait fait sien. Bref, que je tenais, à mes propres yeux, tout entier dans ma serviette.

Peut-être, d'ailleurs, me disais-je parfois, est-ce pour cette raison qu'elle est vide : il n'y a rien, à part mes clés, dans ma serviette. Afin, sans doute, imaginais-je, que je puisse m'y croire contenu, en compagnie de mes clés. C'était, en somme – cette façon d'habiter ma serviette, chez moi, Gavarine –, le contraire d'une contenance. En effet, Dieu m'en est témoin, je ne tenais pas à être vu, avec ma serviette. A l'inverse, je tenais à ne pas l'être, vu, et l'idée que les regards, me croisant, pussent se poser sur ma serviette, et non sur moi, me rassurait, me préservait de la chute. Car, c'est un autre aspect de l'affaire, j'avais peur de tomber. Je m'attendais à tomber. Je tombais déjà, en fait. S'attendre au pire, à quelque chose de pis que la chute, tout en chutant, c'était un peu la conception que j'avais de la vie.

Quand j'eus compris que c'était ma serviette que j'avais perdue, avec mes clés, j'estimai que mon droit le plus élémentaire, dans de telles conditions, était d'hésiter. J'avais conscience de mes droits. Toutefois, je n'entendais pas hésiter longtemps. Je me sentais nu, évidemment, sans ma serviette, je me demandais même comment j'avais pu arriver jusqu'ici, sans elle, et il n'était pas question qu'on me surprît dans ce couloir. J'hésitai peu, donc, entre les deux solutions qui s'imposaient : ou bien sortir de l'immeuble, à la recherche de ma serviette et de mes clés ; ou bien me faire ouvrir la porte vitrée en pressant le bouton de l'Interphone.

Il était compliqué, en vérité, de quitter l'immeuble à la recherche de la serviette. Comme il arrive souvent, je ne savais pas où je l'avais perdue. Je pourrais certes y réfléchir, dehors, dans un coin tranquille, point trop passant, sans ma serviette, donc, si toutefois Anne Lebedel ne m'ouvrait pas quand je presserais le bouton de l'Interphone. Et, pour m'en assurer, il me suffisait de presser ce bouton.

Je le pressai. Anne Lebedel ne répondit pas. Elle vivait pourtant chez moi. Elle m'aimait. En tout cas, moi, Gavarine, je l'aimais. C'est pour cette raison qu'elle vivait chez moi. Parce que je l'aimais. Peut-être aussi parce qu'elle m'aimait. Ou parce que j'avais un bel appartement. Enfin, un grand appartement. Anne Lebedel aimait peut-être mon grand appartement. J'avais tout fait pour ça. J'avais tenté de rendre agréable mon grand appartement. Je l'avais décoré tout seul, avant l'arrivée d'Anne Lebedel. En prévision de son arrivée. A l'époque où je ne la connaissais pas, j'attendais déjà Anne Lebedel.

Son arrivée avait suivi de peu notre rencontre. Tout cela était peut-être allé un peu vite. Mais ce n'était pas ma faute à moi. Je n'avais pas forcé Anne Lebedel. Depuis quinze jours, elle s'était installée là.

Excluant qu'elle fût devenue sourde, puis attendant un peu avant de juger qu'elle pût être ponctuellement empêchée d'entendre, ou de venir m'ouvrir, puis pressant de nouveau le bouton, vainement, je conclus qu'elle était absente. Ça ne me semblait pas outré. Cela posé, ou bien Anne allait rentrer, ou bien non. Elle ne rentrerait plus. Jamais. Ça ne me paraissait pas extraordinaire. C'est même le contraire qui m'eût surpris : qu'Anne rentrât, qu'elle rentrât chez nous une fois encore, qu'elle prolongeât mon rêve de la retenir.

Quoi qu'il en fût, j'estimai, face à cette nouvelle alternative – Anne rentrant, ou ne rentrant pas –, qu'il était préférable de réfléchir en dehors de l'immeuble. Je sortis, le plus discrètement possible.

Dehors, c'était comme cinq minutes plus tôt, bruyant, coloré, difficilement respirable. J'habitais un quartier vivant, au bord de l'asphyxie. Des arbres y poussaient néanmoins, sur une place où quelqu'un me tendit un papier. Arrêtez le massacre, disait en substance le papier. C'était une pétition. Je me méfiai. Outre qu'on m'avait repéré, sans ma serviette, il ne me semblait pas que d'un paraphe on pût arrêter un massacre, surtout à une telle distance. Il ne me semblait pas non plus que l'homme à la pétition fût sincère. Je lui expliquai que pour les morts, là-bas, en Afrique, de toute façon c'était trop tard, et que, pour soigner les blessés, pour nourrir les enfants, pour écarter les mouches, je préférais passer par quelque organisation agréée afin d'envoyer des fonds. Dès que j'aurais des fonds, toutefois. Encore n'étais-je pas certain de ne les pas envoyer plutôt à ma sœur. Ma sœur était au chômage – comme moi, d'ailleurs – mais je ne parlai pas de moi –, elle vivait avec son fils dans une humide studette. Elle n'avait plus le téléphone, n'allait plus chez le coiffeur. Evidemment, ça n'était pas comparable. Mais c'était ma sœur.

Au reste, l'homme m'eût-il tendu un tract, au lieu d'une pétition, que, si j'avais eu avec moi ma serviette, je l'y eusse obligeamment rangé.

Je comptais user, dans une petite heure, quand j'aurais appelé chez moi d'ici une demi-heure pour savoir si Anne était rentrée, de la possibilité que j'avais d'interroger à distance mon répondeur, au cas où elle ne serait toujours pas rentrée, afin de vérifier qu'elle avait ou non laissé un message. Ce que je fis, quand je me fus éloigné de mon quartier pour chercher ma serviette.

J'avais rejoint celui de mon travail, ou plutôt de mon ancien travail, que j'avais perdu, avant ma serviette, au cœur de la ville, quelques jours plus tôt. Toutefois, j'étais moins embêté d'avoir perdu mon travail que ma serviette. Je ne tenais pas à mon travail. Je tenais à l'argent de mon travail, certes, qui me permettait de payer mon loyer. Mais ma serviette ne me servait pas spécialement, à mon travail. Je l'emmenais à mon travail, sans doute, comme partout avec moi. Je la posais au pied de mon bureau. J'étais employé, presque cadre, en fait. Devant l'encadrement, j'avais hésité, un peu comme devant ma porte. C'est ce qui m'avait coûté mon travail. Je n'aimais pas dire aux autres ce qu'ils avaient à faire, non plus que les contrôler. Ça me rendait timide. Je n'aimais pas être timide. Je n'étais pas naturellement timide. Quand on me fichait la paix, je n'étais pas timide.

Anne ne répondait pas, ne disait rien sur le répondeur. Elle n'était pas rentrée. J'avais appelé d'une cabine, à proximité d'un square. Sans y croire, bien sûr, je m'étais dirigé vers le banc où, dans le square, je m'étais assis avec ma serviette, vers la fin de l'après-midi. J'avais traîné toute la journée en ville, et, au moment de rentrer, à l'heure où Anne rentrait aussi, en principe, je m'étais un peu attardé sur ce banc. Un pressentiment m'y avait retenu. L'idée – que j'avais ensuite chassée – qu'Anne, peut-être, ne serait pas rentrée, quand je rentrerais. Qu'elle ne rentrerait pas. Que c'en serait fini de notre amour, quel mot. Il n'y avait que moi pour parler d'amour, dans cette maison, depuis quinze jours. Anne, elle, c'était plutôt silence, silence et compagnie. A peine une présence. Une ombre. Dans mon grand appartement, Anne glissait, passait d'une pièce à l'autre. Rangeait, dérangeait, n'en finissait pas de s'installer. N'avait pas commencé, au juste. Cherchait sa place, comme si je ne la lui laissais pas toute, la place. Je me tenais dans le salon, vers le coin droit du canapé, ne bougeais pas tandis qu'Anne glissait sans cesse. A croire qu'au bout de ces quinze jours, n'ayant toujours rien trouvé pour faire son trou dans mon appartement, Anne Lebedel allait me demander si ça ne me dérangeait pas, en définitive, qu'elle loue pas trop loin de chez moi un petit studio, pour garder son indépendance. Elle viendrait me voir, bien sûr, elle aurait même sa place, qu'elle trouverait mieux, dans ces conditions, au sein de mon appartement. Une niche, un petit coin, pas davantage. J'en étais malade, qu'on puisse en arriver là au bout de quinze jours. Mais on n'en était pas arrivé là. Anne était simplement partie sans rien dire.

Ce n'était guère étonnant, qu'elle fût partie sans rien dire. Dur, sans doute, mais guère étonnant. Pour avoir dit quelque chose, il eût fallu, en somme, qu'Anne eût parlé. Or elle ne parlait pas. Ou si peu. Elle avait tout juste commencé de parler, Anne Lebedel, avec moi, dans mon appartement. Quelques mots, à peine. Pour me dire, le plus souvent, en usant de circonlocutions, que mon grand appartement n'était pas beau. Pas à son goût. Eh bien change-le, avais-je dit. Pourquoi ne le changes-tu pas ? S'il y a, avais-je dit, des transformations à envisager, que ne me les indiques-tu ? Anne, disais-je. Je l'appelais Anne. Elle ne m'appelait pas. Elle ne répondait pas, passait à autre chose, remettait en place dans sa coiffure une mèche. J'aimais bien, comme d'autres hommes, pour d'autres femmes, ce geste qu'elle avait pour réordonner sa coiffure, qui ne se réordonnait pas. La mèche lui retombait sur la tempe. Ce côté jamais rangé, chez les femmes, jamais définitif. Cette beauté qui s'échappe, l'inconscience de cette beauté. Chez les meilleures d'entre elles. Les plus belles. Les plus aimées.

Anne Lebedel ne parlait pas, donc. Ou si peu. Surtout au début. Dès le début, Anne n'avait rien dit. Pas un mot. Pas un de ces mots essentiels qu'on énonce, dans les commencements. Et aucun autre mot, bien sûr, par crainte qu'en parlant elle n'eût frôlé l'essentiel, ne l'eût éveillé dans mon esprit. Anne Lebedel n'avait rien dit qui pût éveiller ma confiance. Surtout pas. Pour peu que j'y eusse cru. Pour Anne, c'était clair, pas question que je pusse me reposer sur une certitude. Elle n'avait donc rien dit, au début, sur ce début. Au vrai, nous n'avions pas commencé ensemble. J'avais plusieurs longueurs d'avance. Plusieurs jours. Chaque jour qui passait, j'aimais davantage Anne Lebedel. Et elle, toujours rien. On ne savait pas. Difficile d'interpréter ses glissades.

A moins qu'elle ne m'eût fui, dans mon grand appartement. Au vrai, certains soirs, je ne la voyais guère qu'au lit, où elle affectait de dormir. J'affectais d'y croire. Elle s'endormait. Pas moi.

Notre relation n'ayant pas commencé, il n'était pas étonnant, au fond, qu'elle eût pris fin. Ou, plutôt, qu'elle se fût achevée dans l'économie de son commencement. C'est ça, me disais-je. Jusqu'à présent, ça n'a pas commencé. Et ce qui arrive, là, maintenant, c'est que ça ne commencera pas. Ça n'existera pas. Le voilà, le futur.

J'y avais pourtant cru, en un sens. Un tout petit peu. Le strict nécessaire pour accorder à Anne, à ses absences, le bénéfice du doute. Elle était là, quand même. Je pouvais donc douter de ses absences. Mais c'était difficile. A cause de son physique. De sa présence physique. Anne, plus elle avait l'air absente, moins j'oubliais qu'elle était là, physiquement. Ça en devenait insupportable, cette présence. Quelquefois, je quittais le coin droit du canapé, je me portais à sa rencontre. Je l'embrassais, carrément. Une fois, je lui avais fait l'amour. J'avais complètement oublié qu'elle n'avait rien dit encore. J'avais crié, moi. Jeté, au visage d'Anne, des mots définitifs. Perdus, je le savais. Définitivement. Mais c'était au moins ça que je n'avais plus à contenir. Ma délivrance, c'était ça, en fait, quelque chose que je perdais, face aux yeux fermés d'Anne, en échange de rien. En fin de compte, ça ne me délivrait pas tellement.

Ça ne m'empêchait pas de parler, moi. Quand je rentrais, avec ma serviette, et qu'Anne était là, je lui demandais comment s'était passée sa journée. Anne travaillait comme vendeuse, chez un gros fleuriste. La boutique était minuscule. Un jour, j'étais entré pour acheter des fleurs, dans cette petite boutique. Je comptais les offrir à Anne, que j'avais vue par la vitrine. C'était ridicule, évidemment, et d'ailleurs ça ne s'était pas fait. Au moment que je passais la porte, Anne avait disparu dans l'arrière-boutique. Je m'étais retrouvé face au gros fleuriste, à lui demander six roses roses. Pas de rouges, non. J'ai le sens des limites. J'avais tenté de traîner un peu pendant que le fleuriste me préparait mon bouquet, de façon qu'Anne eût le temps de revenir dans la boutique. Mais ça n'est pas facile, de traîner, devant un fleuriste. C'est surtout lui, le fleuriste, qui, en préparant son bouquet, eût pu traîner devant moi.

Mais il était vif, ce gros fleuriste, des gestes incroyablement précis. Je n'avais pas eu le temps de sortir mon porte-monnaie que le bouquet était là, dressé dans ma main gauche. Je n'avais plus que la droite, pour ouvrir mon porte-monnaie. J'avais posé ma serviette sur la tablette au-dessous du comptoir. J'avais cherché la monnaie, avec deux doigts, dans mon porte-monnaie, tout en le maintenant ouvert, à l'aide d'un troisième. Dès que je trouvais la bonne pièce, le porte-monnaie se rétractait. C'était un modèle rétractable. J'avais acheté ce porte-monnaie à la va-vite. Je n'avais pas réfléchi, ce jour-là. Je venais de perdre mon porte-monnaie, non rétractable, il m'en fallait un autre. C'était donc un porte-monnaie de fortune, que j'avais trouvé sur un étal, tout de suite, pour y ranger la monnaie que j'avais dans la poche, à même la poche, à même la main que je mettais dans ma poche. Ça me gênait, ce contact avec l'argent, car je marchais la main dans une poche, tandis que l'autre tenait la serviette. J'avais rangé dans le porte-monnaie la monnaie de ma poche, moins celle, bien sûr, qui correspondait au prix du porte-monnaie. Bref, je ne trouvais pas ma monnaie, dans ce porte-monnaie, devant le comptoir du gros fleuriste. De sorte que je parvins, contre toute attente, à traîner moi-même, devant ce fleuriste, et qu'Anne eut le temps de revenir dans la boutique.

Je ne lui avais pas tendu le bouquet, évidemment. Comme c'était une idée ridicule, j'y avais renoncé. J'avais jeté les fleurs, dehors, dans une grande poubelle verte.

C'est comme ça que nous nous étions vus, la première fois, avec Anne.

Nous ne nous étions vraiment rencontrés que plus tard, à la fermeture de la boutique. Je l'avais abordée. Je m'étais dit que je n'avais pas le choix. Je me permets de vous adresser la parole, lui avais-je dit en la rattrapant sur le trottoir, car je n'ai pas le choix. J'ai bien essayé de vous offrir des fleurs, il y a trois jours, mais je n'ai pas pu, ça n'était pas possible, il y avait votre patron. Et puis je n'aurais pas osé. Il faut absolument que je sache comment vous allez me percevoir, maintenant. Si vous pouviez m'expliquer ça ailleurs qu'ici, dans un café, par exemple, je vous offrirais un verre, ça vous prendrait quelques minutes, mais après, vous comprenez, je serais tranquille, je vous ficherais la paix.

Vous avez l'intention de me fiche la paix ? avait dit Anne.

Au besoin, oui, avais-je dit.

Alors vous pouvez commencer maintenant, avait dit Anne.

Bon, avais-je dit.

Nous ne nous étions pas liés tout de suite. J'avais dû revoir le gros fleuriste, et lui acheter des fleurs, et revoir Anne, qui connaissait le truc des fleurs, maintenant, la destination de ces fleurs, et ne pas lui offrir ces fleurs. Mais, dès lors, je ne pouvais plus l'attendre à la fermeture. J'ai horreur de m'acharner. Je préférais, plutôt que d'attendre la fermeture, acheter des fleurs, et ne pas les lui offrir, mais revenir en acheter, oui, après tout je pouvais bien acheter des fleurs sans qu'Anne en prît ombrage.

Sauf qu'elle en prenait ombrage, en vérité, et elle en avait le droit, certes. Quoiqu'elle n'en dît rien, à cause du patron. Tout passait dans le regard, et il y eut longtemps des échanges de regards entre elle et moi, Gavarine, assez sévères, ces échanges. Et, un jour, dans le regard d'Anne, il y eut une clarté. De cette sorte de clarté qui précède quelquefois le sourire, chez l'homme, sauf que là c'était une femme, et que chez les femmes cette amorce de sourire est comme une brèche, une ouverture, je m'y engouffrai, je revins à la fermeture. Bon, cinq minutes, alors, avait dit Anne, j'ai un rendez-vous.

J'avais parlé beaucoup, ce soir-là, une bonne heure, en fait, avant qu'Anne m'eût quitté, et Anne m'avait écouté, elle avait même répondu à mes questions mais n'en avait pas posé. Anne avait commencé, pour ne rien dire, ou pour en dire le moins possible, par ne pas poser de questions. Et, dans l'appartement, ç'avait continué, et j'avais continué de parler. Et quand je rentrais, avec ma serviette, et qu'Anne était là, qui s'installait, ou qui essayait de s'installer, je lui demandais comment s'était passée sa journée, donc, avec son gros patron. Mais elle ne me demandait jamais, à moi, comment s'était passée la mienne. Elle se fichait complètement de savoir comment était mon patron à moi, Gavarine, s'il était gros ou sévère, si je le voyais, dans la journée. Elle se fichait aussi de savoir ce que je faisais, à mon bureau, et je m'en fichais aussi, de ce que je faisais, à mon bureau, et qu'elle s'en fichât aussi, je m'en fichais, oui, mais c'était plutôt la serviette. Je m'étonnais qu'Anne n'eût aucune curiosité pour ma serviette. S'il est normal qu'un homme rentre chez lui, le soir, et qu'il en parte, le matin, avec une serviette, il est moins normal, songeais-je, que le regard de sa compagne, à cet homme, ne se pose jamais sur sa serviette, comme si cette serviette n'existait pas. Or, s'il existe des serviettes, me disais-je, que dire de la mienne, sinon qu'elle se situe, pour le moins, légèrement au-dessus de l'existence, qu'elle vit, réellement. Et ce n'est pas ce que je lui demande, certes, à Anne, de constater que ma serviette, sans doute, existe plus fort qu'une autre, non, ce que je lui demande, c'est de voir qu'elle existe, tout bêtement, comme une autre serviette. Et même, je ne le lui demande pas, je le souhaite, seulement, secrètement. Mais non. Elle ne la voit pas.

J'avais regretté, quelquefois, que ma serviette, une fois posée au sol, près du canapé, se tînt droit sur elle-même. Une armature, en effet, en raidissait le skaï, qui permettait que la base, en outre, fît office de socle. J'eusse disposé d'une serviette molle, en tissu, par exemple, et sans armature, qu'une telle serviette, vide, eût fatalement chuté. Anne n'eût pas pu, à la longue, ne pas s'interroger sur une telle serviette, couchée sur le flanc, ou affaissée sur elle-même, et qui eût trahi ainsi sa non-contenance. Elle aurait fini par poser une question. Et, poser une question sur le vide, dans ma serviette, c'eût été m'approcher moi, Gavarine.

Mais j'avais exclu de changer de serviette afin que la nouvelle s'affaissât, fût-ce pour arracher à Anne une question. C'était, chez moi, ma serviette, mon modèle de serviette, un point qui ne se discutait pas, un noyau dur.

En attendant, Anne ignorait superbement ma serviette.

Il était encore moins pensable, bien sûr, qu'en mon absence elle l'eût ouverte afin de me connaître un peu mieux. Anne Lebedel se fichait bien de moi. Je me demandais même ce qu'elle faisait chez moi, à part tâter un peu, mollement, de ce toit que je lui offrais pour voir si elle entendait s'y tenir. Au reste, même sans vouloir me connaître, elle eût pu témoigner, comme n'importe qui, d'un peu de curiosité pour cette serviette. En vérité, n'importe qui, à force, à la place d'Anne Lebedel, eût ouvert cette serviette en mon absence.

N'importe qui, sauf Anne.

Sauf que je ne la connais pas, me disais-je. Je ne peux même rien prévoir de ses réactions ni de ses désirs. Si ça se trouve, elle l'a ouverte, ma serviette, et elle me le cache. Ce qui expliquerait d'ailleurs ses silences, m'avisai-je. Ce vide, dans ma serviette, oui, m'étais-je dit – sans y croire vraiment, toutefois –, pourrait bien expliquer ses silences. Et même ce silence, là, celui, me dis-je, qu'elle m'oppose, maintenant. Ce silence, non sur le vide de ma serviette, mais sur son absence, à elle, Anne. Ma serviette, non le vide de ma serviette, mais l'absence de ma serviette, me disais-je, pourrait bien expliquer le silence d'Anne sur son absence, à elle, Anne, pour peu qu'elle y eût glissé un mot, en mon absence, sur son absence à elle, Anne, dans ma serviette. Et voilà, me disais-je, voilà peut-être, oui, pourquoi je dois, faute de retrouver Anne, retrouver ma serviette. Parce qu'elle y aurait glissé un mot, ce matin, avant que je ne parte pour mon travail, pour le lieu de mon travail. Un mot d'explication. A savoir, un mot d'adieu. En fait, ce serait l'idéal. La perfection dans l'échec.

C'est en effet ce que je cherchais, maintenant.

La perfection. L'achèvement. Parce qu'il manquait, oui, à mon malheur, ce soir-là, quelque chose pour qu'il fût complet. Un mot, juste un mot, peut-être.

Pas sûr, toutefois, me disais-je. En mettant les choses au pis, ou au mieux, comme on veut, si jamais j'ai la chance de trouver ce mot, dans ma serviette, avec ma serviette, je vais m'en remettre. Je me connais. La catastrophe, ça ne me sort pas beaucoup de l'ordinaire. Je connais, la catastrophe. Ce que je ne connais pas, en revanche, dans mon malheur, ce que j'aimerais connaître, en vérité, une bonne fois, c'est l'enfer. Mais, je dois bien le reconnaître, à cet égard, je suis loin du compte. Bah, me dis-je. C'est peut-être la quantité, qui me manque. L'accumulation. L'enfer, au fond, n'est peut-être qu'une somme. Un trop-plein. Suffit peut-être d'attendre.

Une chose pourtant me gêne, me disais-je. C'est que je ne crois pas beaucoup à cette histoire de mot. En outre, je n'ai pratiquement aucune chance de retrouver ma serviette. Ce qui est certain, en revanche, c'est que, si Anne n'est pas rentrée quand je vais la rappeler, tout à l'heure, je ne rentre pas non plus. Pas question de revenir dans un appartement vide, empli de son absence. Même si je retrouve mes clés, dans ma serviette.

Je n'ai donc peut-être pas besoin de retrouver les clés. Car, même si je les retrouvais, Anne ne serait sans doute pas là pour que je lui dise, par exemple, J'ai retrouvé mes clés, je les avais perdues, toutes choses que j'aurais besoin de lui dire, parce qu'elles m'arrivent dans cette vie, dans cette vie avec elle, qui ne serait plus ma vie avec elle, donc, puisqu'elle ne serait pas là, et donc je n'aurais pas besoin de le lui dire. Mais même si elle était là, me disais-je. Elle ne m'écouterait pas. Voilà ce qui m'est arrivé aujourd'hui, dans cette vie qui est la mienne, maintenant, avec toi, j'ai perdu mes clés, puis je les ai retrouvées, incroyable, non, lui dirais-je, et elle ne m'écouterait pas. Non. C'est juste la serviette, qui m'ennuie. Qu'est-ce que je vais faire, pour la serviette ?

Je sais, me dis-je.

Avant le square, l'après-midi, j'avais fait une pause. Le square, ça n'était pas une pause, c'était une station. Je m'étais assis dans ce square pour réfléchir. Pas au café. Au café, je m'étais assis pour demander quelque chose au serveur. A boire, bien sûr, je ne pouvais pas lui demander grand-chose d'autre. Après quoi, en buvant, sans soif, j'avais regardé le serveur aller et venir. Des gens entraient dans le café, j'avais attendu de les voir sortir. Le prochain qui sort, m'étais-je dit, je sors aussi. Mais, quand le prochain était sorti, moi, Gavarine, j'étais resté. J'avais attendu le prochain. Et ainsi de suite. Je n'arrivais pas à quitter le café. J'étais finalement sorti quand quelqu'un était entré. Il me fallait bien un repère. Du reste, ç'avait été difficile. Pas facile de sortir quand quelqu'un entre, m'étais-je dit.

Cette impression qu'on manque quelque chose, de toute façon. Et cette douloureuse sensation d'une différence. Cet écart considérable, ce gouffre qui désormais vous sépare de celui qui entre, quand vous sortez.

Je n'avais pas beaucoup pensé à ma serviette, dans ce café. Au contraire, elle m'évitait de penser. J'étais d'ailleurs trop occupé des autres. J'avais donc pu y oublier ma serviette. Ou, si l'on préfère, m'oublier. Ça m'arrive. Ça revenait au même.

Le meilleur moyen de savoir, pour la serviette, c'était de m'adresser au serveur. J'entrai dans le café. Mais le serveur n'avait pas vu ma serviette. Il ne se souvenait pas de ma serviette. Mais si, lui rappelai-je, une serviette à clic, tête-de-nègre, avec un rabat en triangle. Non, dit le serveur. Il secouait la tête. Arrêtez de secouer la tête, lui dis-je, j'ai compris, ça va.

Je sortis.

Je me demandais, pour ma serviette, comment le serveur avait pu ne pas la voir. Je m'étais persuadé depuis longtemps qu'il n'y avait que moi, Gavarine, pour passer inaperçu. Mais que ma serviette, en revanche. Bah. Ce n'est qu'un serveur, après tout, m'étais-je dit. Je ne me promène pas avec ma serviette pour les serveurs. Il y a les autres, heureusement.

Je rappelai chez moi. Silence. Autour de moi, en moi, je dois bien l'avouer, la nuit se faisait. Il était tard. Tard dans ma vie, aussi. J'attendis que cette sensation se précisât. Elle ne se précisa pas. J'attendais maintenant que le malheur cessât de cogner, ainsi, à ma porte. Qu'il prît forme. Un ulcère, peut-être. Oui, me dis-je. Ça pourrait être ça. Quelque chose de physique, où la pensée n'entrerait plus. Ne pourrait plus entrer. Non. J'ai besoin de la pensée, me dis-je. Ou, plutôt, je n'ai pas besoin qu'on m'ôte la pensée. J'ai besoin d'autre chose. D'un coup, voilà. J'ai besoin d'être à terre. Tel que je suis, là, je me sens capable de poursuivre. Je ne peux rien faire, même, que poursuivre. Soit, me dis-je. Poursuivons. Et guettons ce coup. Gardons espoir.

Maintenant, par les rues jaunes, sous les réverbères, je marchais. Je ne cherchais plus ma serviette. Je cherchais un hôtel. Ma serviette, c'était de l'histoire ancienne. Oubliée. Rayée de ma vie. Je me sentais nu, bien sûr, sans elle. Je ne m'y faisais pas. Mais ma serviette ne me manquait pas. Non. Ce qui me manquait, c'était seulement une serviette, n'importe laquelle.

Le lendemain, j'en achèterais une autre.

Même si Anne rentrait, à présent, j'en achèterais une autre.

J'appelai Anne d'un hôtel, le premier que j'eusse trouvé. Loin de chez moi, dans une rue sombre, qu'éclairait mal l'enseigne. Toujours pas rentrée. Ne rentrerait plus. En raccrochant, je dis trois mots au réceptionniste. J'aurais dit trois mots à n'importe qui, n'importe lesquels. Le réceptionniste ne répondit pas, il dormait assis. On n'est pas en pleine nuit, dis-je, pourtant. Vous ne dormez quand même pas, là, vous pourriez me répondre. Et celui-là, dit le réceptionniste, vous le voulez sur la gueule ? Il levait un œil, montrait un poing. Pourquoi pas ? dis-je. Le réceptionniste referma l'œil. Allez vous coucher, dit-il, vous avez la clé, le numéro de la chambre, foutez-moi la paix. Je plaisantais, dis-je.

La chambre était petite, laide, encoignée. Je ne me lavai pas les dents, je n'avais pas de brosse. De toute façon, entre les dents, où je passai mon doigt, tout de même, que j'avais passé d'abord sous l'eau, celle du robinet, qui grinçait, ne s'insérait nul déchet. Pas étonnant, je n'avais pas dîné. J'avais déjeuné, en revanche, mais il n'en restait rien, rien que mon index pût déceler. J'étais content d'avoir sauté un repas. C'est un début, me dis-je. Le début de quoi ? me dis-je. De la faim, plaisantai-je. Sérieusement, je me voyais bien en ascète. Mais je n'avais pas faim. Et, si j'avais faim le lendemain, au matin, je ne me faisais pas d'illusion. Je mangerais. Il m'en fallait un peu plus, tout de même, pour sauter deux repas. Un peu plus que l'absence d'une femme, fût-elle Anne Lebedel, que j'aimais. J'étais parfaitement capable d'aimer, de continuer à aimer Anne Lebedel, en dépit de son absence, de souffrir en l'aimant d'autant plus qu'elle serait absente. J'étais parfaitement capable de souffrir, de continuer à souffrir, de progresser dans la souffrance. Et ce n'était pas la première larme, qui me venait, là, maintenant, à l'extrême coin de l'œil, un peu en avance, somme toute, puisque Anne, au fond, avait peut-être été empêchée de rentrer, tout simplement, me disais-je, qui exclurait que vinssent d'autres larmes, plus lourdes, plus abouties.

Car je savais pleurer, je savais même pleurer, rien ne m'était interdit de ce qui permet d'accepter la douleur, d'y accéder. La douleur, c'était mon pré carré. Mieux, une compagne. Je savais la prendre. Quand elle venait, déjà, je l'avais vue venir. Je connaissais ses signes, sa manière. Elle n'avait plus de secret pour moi. Anne, en me quittant, ne faisait que me rapprocher de la douleur. Je pouvais la remercier. Elle me rendait le confort de la souffrance. Cette habitude d'être en moi, non quiet, et de vouloir en sortir. Cette volonté sans frein, tournant sur elle-même, à l'intérieur du crâne. Cette envie de crier, toujours satisfaite, en fin de compte. Ce chaud plaisir du cri, chez moi.

J'ai de la chance, me disais-je. Je dors ce soir dans cet hôtel minable, entre deux cauchemars, je ne sais pas lesquels, car mon imagination peine, elle peine à imaginer pis, et demain j'appelle d'ici, chez moi. Anne me répond ou non, me quitte ou m'a quitté, ou me quittera, de toute façon, et je vais m'acheter une serviette.

Au matin donc j'appelai. Il y avait un message, sur le répondeur. Je cherchai à m'asseoir, mais il n'y avait pas de siège, près du téléphone. C'était un message bref, trop bref. Je dus me le repasser. Ce n'était pas Anne. C'était une autre femme. Quelle autre femme ? me dis-je. Elle avait mal prononcé son nom. C'était il y a longtemps, disait-elle. Je ne sais pas si tu te souviens de moi. Marthe, avait-elle dit, ou Maggy, ou peut-être George, quoique George. Non. Je te laisse mon téléphone, avait-elle dit.

C'était un téléphone à Paris. C'était une femme si ancienne, si loin dans ma vie, apparemment, que je peinais à me rappeler son nom, si mal prononcé sur le message. D'autant que je ne me souvenais d'aucun nom de femme, d'aucun visage. C'est tout juste si je me souvenais d'une odeur, d'un morceau de peau, d'un sein, oui, peut-être, me dis-je. A la rigueur oui, peut-être un sein, j'en vois un, maintenant, me dis-je, c'est juste, et même deux, à la réflexion, c'était une fille aux seins exceptionnels, ça me revient, maintenant, s'il y a eu dans ma vie des seins qui ont compté c'est bien ceux-là, fuselés, lourds, avec de surcroît cette légère différence d'un téton à l'autre, qui la faisait toute, justement, la différence, ce somptueux cadeau que ne m'a plus jamais fait aucune femme, de me donner à penser qu'à lui toucher un sein on n'a pas pour autant fait le tour de sa poitrine, qu'il est utile, au contraire, de considérer l'autre dans sa singularité, non comme ce complément qui ne trouve son sens, au fond, que d'être saisi dans cette dualité toujours un peu gênante, où l'œil comme la main mais aussi bien l'esprit ne parviennent pas à se poser, pris que ces trois-là sont dans la parfaite et circulaire égalité des objets qu'ils convoitent, qu'ils palpent, qu'ils conceptualisent. Sans que jamais soit possible, n'est-ce pas, leur réduction, leur division, puisque au contraire s'impose toujours, irrémédiablement, tel un fatum, leur synthèse.

Oui, me dis-je, enfin c'est loin, tout ça, le

temps où une femme, un jour, me fit cette sorte de cadeau. Très vite elles ont cessé de m'en faire, d'ailleurs elles n'étaient jamais là le jour de ma fête, de mon anniversaire, comme c'est loin. Le pire, me disais-je, c'est que, n'en déplaise au sort, je suis, sur le plan physique, assez avenant, puissamment bâti avec ça, et que, n'était mon caractère, ce qu'est devenu mon caractère, avec le temps, il me serait sans doute permis d'être aimé, mais voilà, je ne le suis pas, aimé, je dois m'y prendre mal, trop aimable, sans doute, trop aimant, c'est toujours la même histoire, l'amour c'est ce qui manque le plus, à ceux qui aiment, ah, me dis-je, voilà que ça me revient. Marge. J'avais oublié Marge. C'est elle qui m'appelle, qui me demande de l'appeler. Quel âge peut-elle bien avoir, maintenant ? Mon dieu, me dis-je, le mien, bien sûr, elle a mon âge, comment est-ce possible, comment a-t-elle pu vieillir à ce point, je n'arrive pas y croire. Elle doit être mariée, des enfants qui pourraient être mes fils, un mari qui pourrait être mon père, elle aimait bien les hommes mûrs, à l'époque, à part moi, heureusement, elle me trouvait vieux, déjà, à vingt-cinq ans, c'est mon sérieux qui l'excitait, ça la mettait dans des états, mon sérieux, ça la faisait rire, d'abord, et puis. Et puis rien. On s'est perdus de vue, je ne sais plus comment.

Et d'ailleurs, me dis-je. D'ailleurs Marge n'avait pas de si beaux seins. Je confonds. Les seins, ça devait être une autre. Dont le nom m'échappe, oui. Mais pas Marge, non. Les seins, chez Marge, ça me revient, maintenant, ça n'était pas grand-chose, une absence, tout au plus, la singularité de ce genre d'absence chez une femme, l'émotion qu'elle suscite, peut-être trop fugace, du reste. Je n'avais pas aimé Marge comme il eût convenu. C'est elle, qui. C'est dire si c'est loin. Le temps où je ne savais pas comment faire, pour aimer. Les progrès que j'ai faits, depuis, dans ce domaine.

Sauf que ce n'est pas Marge que j'aime, me rappelai-je. C'est Anne, qui ne rentre pas, qui ne me laisse aucun signe. Qui ne rentrera pas. Elle s'en est allée chez un autre, voilà. En attendant, elle doit être chez son fleuriste. Allons-y faire un tour, me dis-je. Pour voir. La serviette, je m'en occuperai plus tard.

Je la vis. Elle était là, derrière la vitrine du fleuriste. Elle n'était pas fleuriste, en fait. Ailleurs que chez ce fleuriste, elle eût été secrétaire. Ou vendeuse. Anne n'avait pas de bagages. Pas comme moi, souris-je. Je pensais à ma serviette. Mais surtout à Anne, qui n'avait pas de bagages. Ça me plaisait. Une fille simple. Pas bête, à l'évidence, avec du caractère, et surtout ce physique. Non qu'elle fût belle. Anne n'était pas belle, non. Elle avait du chien. L'air de rien, d'abord, puis ce regard. Quand on le croisait. C'était si rare, de croiser son regard, qu'on avait, en le croisant, l'impression de le capter. De l'attraper. C'est du moins l'impression que j'avais eue, une fois. D'avoir vu, puis gardé – un peu de mémoire, voilà tout – le regard d'Anne. Mon amour, pour elle, fonctionnait à la mémoire. Cette manière de garder une femme, en soi, en dépit de ses absences. Je n'avais que trop rarement, par la suite, croisé le regard d'Anne pour que je pusse en inférer que ce regard, sur moi, s'était posé. Pas plus qu'Anne, chez moi, ne s'était posée. Mais enfin, ce regard, je l'avais en tête. Et je n'étais pas près de l'oublier.

Je dus m'en souvenir, déjà, quand je me postai sur le trottoir face à la boutique. Ça commençait bien. Je ne voyais pas le visage d'Anne, qui disparaissait derrière cinq fleurs. Des roses, encore. C'est le feuillage, surtout, qui me dissimulait Anne. Le client, également, me la masquait, et j'eus l'impression qu'entre elle et moi elle interposait un maximum de choses, d'objets, d'êtres. Elle n'avait jamais eu besoin de se forcer, pour ça.

Puis le client, inéluctablement, paya ses fleurs et sortit. Anne m'apparut derrière son comptoir. Elle ramassait les feuilles, les feuilles tombées. Elle regardait par la vitre, l'air rêveur, je ne sais pas si le mot convient, en tout cas toujours sans me voir. Le patron demeurait invisible, il était peut-être absent, simplement.

Je dus traverser la rue. Je dus, qui plus est, pour qu'elle me vît, pousser la porte de la boutique, de façon que le timbre, déclenché par l'ouverture, tintât. Et encore, elle ne me vit pas tout de suite. Puis elle ne crut pas que ce pût être moi. Je le compris. Elle avait toujours eu du mal, elle aussi, dans son genre, à croire à ma présence.

C'est moi, fus-je obligé de dire, pour y croire, moi aussi, à ma présence. Je me sentais tellement ailleurs, dans cette boutique. Comme dans ces lieux qu'on a connus et qu'on a quittés, et sur lesquels on revient, mais ils ont changé, déjà, d'autres y ont apposé leur marque. C'est moi, dis-je donc, alors qu'à l'évidence j'eusse dû dire C'est toi. C'est donc toi. Toi, dans cette boutique, partie sans rien dire, revenue dans cette boutique comme si rien ne s'était passé.

Je le vois bien, que c'est toi, me dit Anne, je suis seule, ce matin, je n'ai pas beaucoup de temps. Je n'ai pas voulu te déranger, hier soir.

Je faillis lui demander pourquoi. Pourquoi elle n'avait pas voulu me déranger. Mais je m'abstins. Je savais ce qu'elle m'aurait dit, ou plutôt ce qu'elle ne m'aurait pas dit. Elle ne m'aurait pas dit : Je n'ai pas osé te déranger pour te dire que je te quittais. Elle n'aurait pas osé me le dire. Ce n'est d'ailleurs pas ce qu'elle pensait. Mais c'est ce qu'elle était sur le point de me dire. Et je préférais ne pas l'entendre. Anne, c'était simple dans son regard, se fichait de me quitter. Et elle n'eût pas voulu me déranger, au fond, pour me dire qu'elle me quittait et que ça lui était égal. On dérange les gens pour des choses sérieuses. Et me quitter n'était pas une chose sérieuse, pour Anne. Elle pensait sûrement que j'eusse dû me douter qu'elle me quitterait. Et elle avait raison. Je voulais bien l'avouer. En somme, nous étions parfaitement d'accord, d'accord pour qu'elle me quitte, et que j'en souffre, et qu'elle ne s'attarde pas à un tel détail. D'accord pour ne plus rien dire, maintenant, et que je m'en aille. Que je quitte la boutique. D'accord.

Tiens, me dit-elle, tu n'as pas ta serviette.

Ç'allait tout de même un peu vite pour moi. J'avais beau savoir qu'il est normal qu'on s'intéresse aux gens quand on les quitte – c'est bien naturel, ils ne sont plus rien pour nous, on peut les questionner, les réponses ne font pas de mal, elles n'embarrassent pas –, ç'allait donc un peu vite, dis-je, et, quant à ma serviette, je n'avais justement pas de réponse prête pour Anne. Au vrai, je n'avais aucune réponse à rien, et je dus réfléchir. Ça me mit, je dois le dire, de mauvaise humeur. J'étais malheureux, bien sûr, assez extraordinairement, sans doute, je crois que c'est clair, mais de mauvaise humeur, non. Je voyais plutôt ce gouffre, qui s'ouvrait devant moi, avec la sérénité que m'a toujours conférée la certitude d'y sombrer, et, tout livré que j'étais à l'acceptation des choses, j'avais même commencé de quitter mentalement la boutique en songeant à Anne, au seul souvenir que j'en garderais, cruel, donc, quand Anne, soudain, réelle, vivante – quoique ce fût beaucoup dire –, présente – je me comprends –, me retenait en me posant une question.

La question étant posée, bien sûr, j'entendais y répondre. Déjà que je partais, je ne tenais pas à me défiler. Mais loin de moi l'envie de faire plaisir à Anne, on le comprendra bien. Et de lui livrer la vérité. Sans être moraliste à tout crin, j'estimai qu'elle ne la méritait pas, la vérité. Surtout la mienne.

Je n'ai plus de serviette, dis-je.

Le ton que je venais d'employer était sans équivoque. La seule chose qu'Anne pouvait comprendre, c'est que j'avais décidé de ne plus sortir avec ma serviette. Elle ne me posa pas d'autre question.

Nous nous quittâmes sans un mot de plus, quoique par le regard j'eusse cherché à rendre toute la densité d'une situation qui, pour s'achever, n'en était pas moins digne, me semblait-il, de générer quelque écho. Une manière d'épilogue, en somme, auquel je mis fin en tournant les talons. Jusqu'à la porte, me dis-je alors, tu ne te retournes pas. J'atteignis la porte. Maintenant tu longes la vitrine, me dis-je. Cinq mètres, c'est pas le bout du monde. Et, au troisième mètre, je me retournai. Mais, je le signale tout de suite, c'était exprès. J'avais changé d'avis. Pas de raison, m'étais-je dit au troisième mètre. Aucune raison qu'au prétexte qu'une femme m'abandonne comme un chien je ne m'offre pas l'ultime souffrance de lui dédier un regard. Et je la regardai, donc. Et ça me fit mal. D'autant que, déjà, elle ne me regardait plus.

J'entrai chez le premier coiffeur. J'avais besoin de changer de tête. Dans ma vie, j'étais donc allé souvent chez le coiffeur, mais jamais chez le même. Je n'aime pas les questions des coiffeurs. Par chance, dans les dernières années, les salons s'étaient multipliés. Les gens n'arrêtaient plus de se faire coiffer. C'était ma manière à moi d'être comme tout le monde, de me faire coiffer. Très court, dis-je.

J'en sortis avec un mince regret. Ne pas avoir tendu le cou sous le rasoir. Le coiffeur, pour me finir, avait usé d'un rasoir, un vrai, à l'ancienne, un de ces rasoirs qui, ouverts entre deux doigts, évoquent au mieux une hirondelle stylisée, au pis un oiseau de mauvais augure. J'avais regardé ça d'un bon œil, et puis mon sang me fait peur, j'avais cessé de jouer avec l'idée de ce rasoir. Mais mon regret, dehors, passa très vite aussi. Tout passe, me dis-je, heureusement.

C'est alors, j'ignore pourquoi, que je pensai à mes clés, à mon double de clés, que j'avais donné à Anne. Je n'avais pas songé à le lui demander. Sans doute, me dis-je, l'a-t-elle laissé dans l'appartement. Ce serait logique. En tout cas, si elle avait pensé à me quitter, quand elle m'avait quitté, hier soir, elle aurait laissé ses clés dans l'appartement. A moins qu'elle ne les eût gardées par distraction. Ce serait assez son genre. D'ailleurs ça m'était égal. Je n'avais pas besoin de ses clés. Je n'avais déjà pas besoin des miennes. Je n'avais décidément pas envie de rentrer chez moi. Je pouvais à la rigueur passer chez un serrurier, un serrurier ça n'est pas chez soi, c'est une sorte d'antichambre, par rapport à chez soi, ça me permettrait d'attendre un peu d'avoir envie de rentrer, le temps de lui expliquer, au serrurier, et qu'il se libère, mais non : à ses yeux sans doute ne serais-je pas crédible, sans doute n'aurais-je pas assez l'air de vouloir rentrer chez moi pour qu'il entreprenne sans broncher de m'ouvrir ma porte. Il me demanderait mes papiers. Merci bien.

En tout cas, me dis-je, perdre mes clés m'aura au moins servi à ne pas rentrer chez moi, hier soir. Si j'étais rentré chez moi, je me serais douté moins vite qu'Anne me quittait. J'ai donc gagné du temps, et je suis assez content de ça. A moins qu'elle n'ait emporté ses affaires, ce qui est d'ailleurs le plus probable, et alors je m'en serais aperçu aussitôt. Elle aurait laissé quelques vêtements ou objets, bien sûr, par distraction là encore. Juste assez pour que je m'aperçoive qu'il en manquait. Raison de plus pour n'être pas rentré, me disais-je donc, raison de plus pour ne pas rentrer, pour commencer à tenter de l'oublier. Ce qui ne va pas être facile, je sais, justement, autant s'y mettre tout de suite. Et, en attendant de l'oublier, je vais m'acheter ma serviette. Ça sera toujours ça de fait.

J'entrai donc chez le premier maroquinier, je ne regardai même pas la vitrine, je n'avais pas de préférence pour le modèle. Une page venait de se tourner, en somme, et, le cheveu ras, je me sentais douloureusement neuf. Je n'avais pas l'intention de tergiverser, pour la serviette. C'est ça, dis-je, quand la vendeuse m'eut présenté ses six modèles, donnez-moi n'importe laquelle, ça ira très bien.

Je tins à vider, cependant, le modèle qu'elle

me tendit – le plus cher, mais je ne pouvais pas lui en vouloir – de son papier-journal froissé en boule, afin d'en tester la rigidité. C'était une serviette lourde, constatai-je, solidement armée, et, même vide, elle donnait, au bout du bras, l'impression de ne pas l'être. En un sens, ça me convenait mieux. Je sortis avec la serviette, lourde au bout de mon bras, et me dis qu'il était temps maintenant de téléphoner à Marge.

Ici, je ne voudrais pas qu'on se méprenne : je pensais à Anne. C'est parce que je pensais à Anne que je décidai de téléphoner à Marge. Celle-ci ne chassait pas celle-là. L'une, en revanche, conduisait à l'autre. Elle y conduisait logiquement, comme une route qui eût été la mienne et où j'eusse, blessé au gré de mes collisions successives avec les femmes, laissé derrière moi des mortes. Car Anne, pour vivre en moi à l'état de blessure, n'en était pas moins morte, enterrée sous des tonnes de lucidité, définitivement perdue pour la sorte d'homme que j'étais, instruit de la fixité des choses. Anne ne reviendrait pas, elle était loin, maintenant, figée dans la solide statuaire de l'échec, ou, si l'on préfère, figurine tournoyant dans la spirale du désastre, mais, en tout état de cause, face au désistement du présent et de l'avenir, le passé faute de mieux l'aspirait, et je n'avais d'autre effort à fournir que celui, au demeurant notable, de me mouvoir dans le sens contraire. Allô, dis-je donc d'une cabine, la première également qui se présentât, et où personne à part moi n'était là pour me voir ni par conséquent me juger. C'est Luc.

Je n'étais pas tombé, par chance, sur un répondeur. Je n'étais pas tombé non plus sur la sœur, le mari, l'amant, la femme de ménage. Non, au bout du fil, c'était Marge, la voix de Marge, certes changée, rauque, un peu usée, mais c'était bien Marge, incroyablement, et je me demandais ce qui se passait. Il n'était pas très normal, en vérité, que, m'ayant laissé un message pour la joindre, une femme disparue de ma vie depuis dix ans se tînt prête à me répondre, comme si, non content de produire un tel miracle, le Ciel, dans son infinie mansuétude, signait là sa confirmation. Pour peu que c'eût été ma pente, j'eusse dit que je rêvais. Mais je ne rêve jamais. J'enregistre. Je prends acte. Après quoi j'additionne, ou je soustrais. C'est ma vie.

Voilà, me disait donc Marge, que j'écoutais, sans trop y croire, mais en y croyant tout de même, puisque c'était elle, cette femme du passé, mal restituée dans une mauvaise lumière, avec un son médiocre, peu fidèle, à tout le moins, voilà, me disait-elle, je regardais la télévision, hier soir. C'était un téléfilm avec un acteur, je ne sais plus son nom, on le voit quelquefois, il te ressemblait, ça m'a donné envie de t'appeler.

Je pris sur moi. Je n'aime pas trop les comparaisons, mais je demandai à Marge si, tout de même, l'acteur était beau. Séduisant, me dit Marge, séduisant, enfin tu vois bien, ce type qui joue des seconds rôles, il est souvent commissaire, ou ministre, toujours les cheveux courts, oui, m'affirma-t-elle comme je risquais une autre question, il est bon, évidemment, je ne t'aurais pas appelé s'il était mauvais, quand même.

Là, malgré cette voix sombre, lointaine, qui donnait à ses phrases un poids qu'elles n'avaient pas, comme d'une syntaxe légère qu'une traduction approximative eût lestée de pesants idiomes, je reconnaissais Marge. Sa logique, un peu spéciale. Son côté direct, aussi, ça me revenait, qui me choquait, à l'époque. Aujourd'hui, ça ne risquait pas. Rien ne me choquait. En fait, me disais-je, rien ne me choque. Quoique tout me blesse. C'est ainsi. Que deviens-tu ? lui dis-je, manière de faire évoluer un sujet dont je ne tenais pas, sur la longueur, à occuper le centre. Tu as des enfants ?

Deux, dit-elle, et j'observai un silence. Et un mari, ajouta-t-elle. Jaloux. C'est compliqué. Est-ce qu'on peut se voir ?

Se voir ? dis-je.

Oui, dit-elle. Se rencontrer.

Ça doit être possible, dis-je.

Tu es marié ?

Hein ? dis-je. Qu'est-ce que tu dis ? La communication est mauvaise.

Marié, répéta-t-elle.

Ah, dis-je. Non, pas spécialement.

Comment ça, pas spécialement ?

Je ne suis pas marié, dis-je. Je ne suis pas du tout marié.

Est-ce qu'on peut se voir dans deux heures ?

Dans deux heures ? m'exclamai-je. Tu veux dire aujourd'hui ?

Oui, je veux dire aujourd'hui. Dans deux heures.

Ça dépend où, dis-je.

À la piscine.

Je m'accrochais. Je ne sais pas à quoi, mais je m'accrochais.

Ça dépend de quelle piscine, dis-je.

Elle la nomma.

C'est dans le neuvième, dit-elle.

J'étais dans le neuvième.

Quelle adresse ? dis-je.

Elle me la donna.

C'est noté, dis-je. Mais je n'ai pas de maillot.

Il te faut aussi un bonnet, me dit Marge. C'est obligatoire. Tu peux louer tout ça à la caisse. A tout à l'heure. Je t'embrasse.

Je t'embrasse. Ce n'est pas ce que j'ai dit, pour lui répondre, c'est ce que je me suis dit, répété, redit. Je t'embrasse, voilà ce qu'elle m'a dit. J'étais ému au-delà de tout. Une femme qui, revenue vers moi après dix ans, me dit qu'elle m'embrasse. Comme ça, comme si elle poursuivait quelque chose, quelque chose avec moi qui n'eût jamais cessé. Je t'embrasse. C'est ce que me disait Anne, aussi, au téléphone, les premiers jours. Et c'était pareil. Le même émoi.

Je n'en tirai pas de conclusion. Aucune conclusion ne s'était révélée fiable, dans ma vie. Les choses s'enchaînaient, voilà tout. Je me demandai seulement où j'allais trouver un maillot. Je n'avais pas l'intention de louer un maillot à la caisse. C'était un rendez-vous, pas une reddition.

Enfin, c'est ce que je me disais.

Et je me retrouvai dans une grande surface de sports, au Forum des Halles. D'où j'étais, c'était le plus direct, et je n'avais pas trop de temps devant moi. Je repérai le rayon piscine, trouvai un slip noir, achetai, tenté par leur design, des lunettes de natation, fis l'emplette d'un bonnet de bain blanc, voyons, me dis-je, est-ce que j'oublie quelque chose ? Mais oui, bien sûr, suis-je bête, une serviette. Une serviette de bain. Il n'y en avait pas dans le magasin. On ne s'y séchait pas, au rayon piscine. Je dus gagner une boutique de linge de maison, vers Châtelet, et acheter une serviette de bain dont j'eusse aisément bordé mon lit, un modèle onéreux de surcroît, peu logeable, donc, pour le transport duquel je dus faire l'emplette d'un sac de sport sur le trottoir de la rue de Rivoli, devant la Samaritaine. Le tout m'avait pris une heure, et j'avais encore largement le temps d'être en avance. Je traînai un peu dans le métro, quittant ma rame pour la suivante, avec ma serviette dans mon sac et le reste dans ma serviette, que je ne baptisai pas pour autant cartable, trop scolaire, me dis-je, ni porte-documents, trop long, c'est une serviette, me disais-je, c'est ma nouvelle serviette et ce n'est pas une serviette de bain, fût-elle nouvelle, elle aussi, qui va venir bouleverser mes habitudes lexicales.

J'arrivai un quart d'heure en avance à la piscine, elle était municipale, avec le logo de la Ville, on m'y accueillit froidement, sans un mot de trop, pourtant je n'y étais jamais venu, dans cette piscine, et il me semblait que pour une première fois, mais enfin j'ai l'habitude, les gens ne sont pas spécialement aimables avec moi, et puis la caissière ne pouvait pas savoir pourquoi j'étais là, l'exception que ça représentait pour moi, de venir dans cette piscine, pour y revoir une femme vieille de dix ans, je me comprends, mais je ne lui en voulais pas, à la caissière, et même quand elle me confirma que le bonnet était obligatoire, je ne la foudroyai pas du regard, non, je pris le ticket qu'elle me tendait et me dirigeai vers les vestiaires.

En chemin, je m'arrêtai devant trois hublots qui donnent clairement sur les bassins, quoique à hauteur de ceinture. Je me penchai vers l'un d'eux et découvris quelques personnes à demi nues, ruisselantes dans un univers carrelé de bleu, bon, me dis-je, c'est une piscine, tu ne vas pas en faire un drame. C'est carrelé, une piscine.

Je ne voyais pas Marge. Mais j'étais en avance. Et je pouvais, également, ne pas la reconnaître. Avec son bonnet. Elle avait pu changer, aussi. Elle avait dû, même. De toute façon, me dis-je, c'est trop tôt pour ce genre de questions. Va donc te mettre en tenue, pour commencer.

Devant les vestiaires, un homme vêtu de bleu me prit mon ticket et le déchira. Je n'ai jamais trop aimé qu'on me déchire mes tickets, au cinéma non plus, je trouve ça humiliant, comme situation, mais bon, cet homme faisait son métier, et je lui demandai même, aimablement, comment je devais procéder, pour le vestiaire. Il faut deux francs, me dit-il. Ça marche avec des pièces de deux francs. Je me fouillai, ne trouvai pas de pièce de deux francs, l'homme me dit de retourner à la caisse, je retournai à la caisse. Je n'ai pas de monnaie, me dit la caissière. C'est une plaisanterie, dis-je. Je n'y peux rien, me dit la caissière. Alors qu'est-ce que je fais ? dis-je. Vous essayez de trouver deux francs, me dit la caissière. Et je fais comment ? dis-je. Attendez le prochain client, me dit la caissière. Mais je ne peux pas ! dis-je. Comment ça, me dit la caissière, vous ne pouvez pas ? Si, dis-je, je peux, bien sûr, je peux. Mais ça ne m'arrange pas.

Et je me postai près de la caisse. Enfin, pas tout près, je ne voulais pas gêner. Je craignais surtout que le prochain client ne fût Marge, et alors je ne me voyais pas, après qu'on se serait embrassés, supposai-je, lui demander deux francs. Et, surtout, je n'avais pas rendez-vous avec elle près de la caisse. Encore que, me disais-je, elle me verrait habillé, ça serait plutôt mieux, non, pour un recommencement. Mais le prochain client ne fut pas Marge. C'était un homme, heureusement, qui ne manquait pas de monnaie. Il avait deux pièces de deux francs, accepta de m'en céder une. Je retournai aux vestiaires, demandai au préposé comment ça marchait, avec la pièce. Dans la fente, là, me dit-il, ensuite vous fermez et vous faites votre code. Merci, dis-je, et je me dirigeai d'abord vers une cabine, muni d'un de ces valets de nuit malpratiques, en plastique rouge, dont la base en cuvette accueille à peine une chaussure et où il n'est guère possible, sur le cintre, dans cet espace trop étroit que délimite la barre, d'engager un pantalon sans le tordre. Dans la cabine, étroite, je tournai autour d'une flaque pour me dévêtir, m'appuyant à l'occasion contre la cloison grumeleuse, humide, dont la couleur, un ocre aux résonances fécales, me fit convoquer mon enfance, qu'aussitôt je congédiai. Je me retrouvai en slip, un slip un peu étroit, jugeai-je, dont la coupe, trop osée à mon goût, eût sans doute mérité que la missent mieux en valeur des abdominaux tangibles, et d'une façon générale une alimentation plus saine. De mon haut, à coup sûr, bien que j'eusse vue sur mes pieds, je ne serais pas allé jusqu'à tendre un fil à plomb sans craindre qu'il ne m'effleurât, et cette légère imperfection, dans mon plan vertical, me fit sentir plus nu que je ne l'étais, sensation que j'avais perdu l'habitude, en raison de mon isolement, d'éprouver en public.

Je quittai ma cabine, néanmoins, coiffé du bonnet de bain blanc dont j'hésitai à me couvrir les oreilles et qui, je le savais, cloquait de ce fait sur le haut de mon crâne, portant d'une main le valet auquel j'avais accroché mon sac de sport et de l'autre ma serviette, et enfournai le tout, tant bien que mal, dans l'étroite case en forme de meurtrière qui m'était allouée. Pour le code, je composai ma date de naissance sans rencontrer de problème majeur : en effet, ma date de naissance ne me rappela pas ma naissance, et c'était toujours ça de gagné. Je n'ai d'ailleurs jamais considéré ma naissance autrement que comme une suite de chiffres, de ces suites de chiffres qui figurent sur les papiers et dans cette zone du cerveau où l'affectivité ne gît point, tout occupée qu'elle est par les codes bancaires et quelques dates de l'histoire commune. Je descendis les marches en direction des douches, côté hommes, et me plaçai sous une pomme libre dont j'obtins, à force de contorsions, que me mouillât partiellement son hésitant et biais filet d'eau tiède. Après quoi, comme on entre sur scène, je franchis vivement le pédiluve et m'avançai droit vers l'échelle du grand bain où, sans hésitation, je m'immergeai afin de me muer en nageur. Un nageur, en effet, me disais-je, c'est encore ce qui se voit le moins dans une piscine, et je ne tenais pas immédiatement à être vu. En revanche, je tenais à voir, et, bientôt, je dardai au-dessus de l'eau mon regard de Martien enlunetté et casqué, bien décidé, parmi les femmes qui, selon une périodicité rigoureusement imprévisible, franchissaient le pédiluve, à identifier celle que j'attendais.

Quelques femmes parurent, donc, dans le quart d'heure qui suivit, d'où j'exclus tout de suite celles qui n'étaient pas seules. Je ne pouvais soupçonner Marge, me disais-je, de vouloir m'infliger, après notre coup de fil, le camouflet en quoi eût consisté la présence à ses côtés d'un homme, qui fût passé, lui, à peu près dans le même temps par le pédiluve des hommes, ou d'une femme que je n'eusse pas choisi d'attendre. Quant aux autres, les femmes seules, elles ne lui ressemblaient pas, ni de loin ni de près. Et, tandis que je nageotais, effectuant de courts mouvements de bras afin de ne point sombrer, environné parfois de petits bouillons qui témoignaient d'un pic dans la courbe de mon effort, nageant alors un peu sérieusement, pour donner le change, en direction de l'entrée-sortie et du petit bain, simple dénivellation du grand dans la conception toute transitionnelle qui distingue cette piscine-là d'une autre, et demeurant ainsi face au pédiluve, je commençais de me dire que Marge n'allait pas venir. Et je ne m'en inquiétais pas, sans doute, habitué que j'étais aux désillusions, mais j'en concevais de la gêne, car, ne sachant si tout de bon elle allait ne pas venir, je ne parvenais pas à me faire entièrement à cette idée, avec laquelle, par moments, je commençais de souhaiter qu'elle me laissât tranquille.

De sorte que, dans de tels moments, escomptant, à seule fin de me pénétrer de son absence, que Marge ne parût pas, j'eusse peiné de toute façon à l'identifier parmi les femmes qui passaient le pédiluve, les jaugeant d'un regard où entrait, malgré moi, une part d'exclusion croissante. J'exclus donc bientôt a priori chaque femme, tout en continuant par raison, plus que par conviction, à guetter l'apparition de celle dont j'avais le souvenir.

Mais, en dépit de ces complications, je peux l'affirmer aujourd'hui en toute simplicité, Marge ne paraissait pas, et j'en conclus provisoirement, faute de mieux, qu'elle était en retard. Comme par ailleurs ma crédibilité en tant qu'usager de la piscine, à ce stade, semblait en voie de résorption, ma mousseuse station au milieu du grand bain ayant cédé le pas à une problématique occupation du petit, parmi les cris et les jeux de la classe jeune, je pris la résolution de nager cette fois comme tout le monde, en couvrant une longueur de bassin. Malheureusement, j'étais dans le mauvais sens, qui m'obligeait, pour couvrir cette longueur, à me priver de ma vue sur le pédiluve. Et, de ce fait, je résolus d'atteindre au plus vite l'extrémité du grand bain, afin de m'accrocher au bord pour reprendre mon guet.

Je m'élançai donc, adoptant tout de suite une brasse pénétrante, dite coulée, où, de conserve avec quelque habitué, je fendis périodiquement de mon crâne l'eau limpide, que bleuissait son lit, usant de longs et vifs mouvements et d'une prise de souffle calculée au quart de poil, et j'atteignis le bord opposé pratiquement dans l'écume de mon partenaire de hasard, qui repartit aussitôt d'un effervescent coup de reins. De mon côté, accroché d'une main au bord, j'attendis que s'espaçassent un peu mes battements de cœur, et, comme je l'avais fait à plusieurs reprises auparavant, je tirai, pour déplacer mes lunettes de mes orbites vers mon front, afin d'y voir plus clair, sur l'élastique qui les maintenait et qui, cette fois, se détacha sous ma traction.

Je voulus remettre en place l'élastique, à savoir l'engager sous son fermoir, sorte de valve, en vérité, dépourvue d'axe et se maintenant par simple pression, mais, je m'en aperçus au bout d'un moment, le fermoir n'était plus là, et je cherchai des yeux, à la surface de l'eau, cette petite chose quadrangulaire en plastique rose, sans quoi mes lunettes ne me seraient plus d'aucun secours. Or, je m'en avisai bientôt, le fermoir coulait.

Je partis en plongée, tendis une main droit devant moi, le fermoir m'échappa et, comme il gagnait le fond, j'hésitai à l'imiter. En effet, la pression de l'eau m'enserrait si fort les tempes que, handicapé à tout point de vue, en particulier dans le jugement qui m'eût permis de déterminer les risques auxquels je me serais exposé en poursuivant ma plongée, je ne savais trop quelle conduite adopter, et je finis par prendre le parti, tout instinctif, mais qu'épousaient de surcroît d'objectives lois physiques, de refaire surface. J'aspirai, puis soufflai, de nouveau cramponné à mon bord, et, comme je reprenais mon observation du pédiluve, laissant tant soit peu plonger mes lunettes dont je maintenais lâchement l'élastique au fil de l'eau, mon partenaire de hasard, achevant sa longueur, parvint à ma hauteur. Vous avez perdu votre fermoir, me dit-il.

Il avait remonté ses lunettes sur son front, et, si j'étais surpris qu'il m'adressât la parole, je l'étais plus encore qu'il eût interrompu sa nage. En attendant, il me posait une question, et je ne pouvais nier, en effet, que j'avais perdu mon fermoir. Je n'en pris pas le risque. Oui, dis-je, et, comme souvent, par cette sorte de redondance aimable à laquelle on recourt pour faciliter un rapport qui s'instaure, on joint à la parole le geste ou le regard, je plongeai le mien vers le fond, où tremblotait, dûment diffractée, la tache à peine visible de mon petit fermoir rose. Une femme, à cet instant, rejoignit mon partenaire, dont je compris qu'en quelque façon elle lui était liée, et, fort aimablement, s'informa de ce qui nous rassemblait, mon partenaire et moi.

Nous lui peignîmes alors la situation à grands traits, nous relayant dans notre bref récit que par divers moyens je tentai, pour ma part, de dédramatiser, refusant, par exemple, de joindre mon regard aux leurs, l'un et l'autre dirigés vers le fond de l'eau comme s'il en était allé d'une vie. Mais je ne pus empêcher la femme, qui s'en réjouissait visiblement, de partir aussitôt en plongée, et je dus attendre, ne sachant quelle contenance prendre, qu'elle réapparût avec mon fermoir, que je ne sus hélas pas remettre en place.

Attendez, me dit l'homme, vous n'êtes pas en face de la rainure. Et, sans me laisser le temps de prendre connaissance de cette rainure, pour laquelle je témoignais tout de même d'un peu de curiosité, maintenant qu'il venait de m'en révéler l'existence, il me prit le fermoir des mains, puis les lunettes, et je commençais de me demander si, à attendre une femme dans une piscine, j'offrais au monde une apparence de détresse telle qu'il fallait absolument qu'on me secourût, ou bien si, de plus longue date, mon attitude et ma conduite appelaient la sollicitude. En tout état de cause, c'était agaçant, et je ne dus pas, sans doute, remercier mon couple comme il eût convenu. J'avais d'ailleurs relâché, pendant ce temps, mon observation du pédiluve, et je quittai mes bienfaiteurs, assez froidement, en direction du petit bain où je me tins un moment, le torse en franche émersion, tournant lentement sur moi-même, scrutant non plus seulement le pédiluve mais l'ensemble du bassin, et posant l'hypothèse qu'à la faveur de cet intermède Marge avait pu surgir. Et, ne la découvrant pas, j'étayai cette même hypothèse en posant, cette fois, qu'après tout ce temps passé sans elle j'avais pu ne la point reconnaître, ou qu'après tout ce temps passé sans moi elle ne m'avait point reconnu. C'est à cet instant que je la vis.

Elle n'était pas belle, sans doute, mais, je prends ici un risque, celui de n'être pas cru, je n'ai jamais, moi, Gavarine, aimé les femmes belles. J'entends par belles, s'agissant de femmes, donc, celles chez qui, en raison de leur beauté, toute particularité secondaire s'éclipse dans les lointains de la personne, le plus souvent de façon irréversible, de sorte qu'en grattant cette beauté c'est soi-même qu'on écorche sans rien mettre au jour qui, posé devant cette beauté, en fasse saillir la marque.

Je pourrais énoncer différemment que moi, Gavarine, la beauté m'aveugle, qu'elle m'empêche de voir, en particulier de la voir elle, la beauté, contradiction toute d'apparence, précisément, où gît, me semble-t-il, la rude vérité d'une notion qui à vouloir s'incarner n'aboutit qu'à figer son objet.

Bref, elle n'était pas belle, heureusement, elle n'avait pas un beau visage. En revanche il y avait, dans son visage, une infinité d'arrière-plans immédiatement décelables, ainsi dans l'excessif rapprochement des yeux l'écho d'une tension, de même autour de la bouche, étroite, comme une densité de la peau, que les lèvres en la creusant, cette peau, pour se frayer un chemin vers l'expression eussent soumise à quelque épreuve, à quelque traumatisme originel face à quoi tout le visage eût choisi de se durcir, ou plutôt en contrepartie de s'emplir.

De fait, elle avait les joues pleines, et d'une façon générale chez elle il m'apparut que les organes des sens, y compris le nez, qu'elle avait fin, avaient pris le moins de place possible, mais en même temps une place définitive, que les joues, le front, le menton lui eussent en vain disputée, fantasme qu'ils ne se mêlaient d'ailleurs point de nourrir et qu'au contraire, sagement, ils repoussaient au profit d'une ample et solide occupation de l'espace.

Je dis sagement, oui, car elle avait le front et le menton sages, et les joues, aussi, rondes en dépit de cette dureté qui semblait les contenir, de sorte qu'elles rendaient l'effet paradoxal d'un creusement ; mais à cette sagesse se combinait une force, celle de la bouche et du regard, qui bientôt se posait sur moi.

Comme à l'accoutumée, je n'y croyais pas trop, bien sûr, mais je ne voyais pas, à part moi, qui elle eût pu fixer ainsi – et, autre aspect des choses, avec quelle sidérante douceur –, à quelque cinq mètres de distance, au sein d'un groupe, d'ailleurs épars, d'où j'émergeais distinctement, environné que j'étais au large de physionomies trop immatures pour qu'elles eussent pu, à mon sens, recueillir une telle marque d'attention.

Le sourire, furtif sur ses lèvres minces – car elles n'étaient pas seulement étroites –, me fit après coup l'effet d'un mirage, mais, confiant dans ma mémoire immédiate, je décidai qu'elle l'avait bel et bien formé, aussi fugacement que ce fût, et tentai de me confirmer que ç'avait été dans ma direction quand, du seul regard, cette fois, elle m'épingla un quart de seconde.

Or c'était, ce quart de seconde, un de ces quarts de seconde qui comptent dans une vie, qui se comptent, ou se décomptent, tant il est vrai que les autres passent, mort-nés, pas même distincts de leurs confrères, à peine successifs, dans cette sensation de globalité qui emporte les jours ordinaires – presque tous, en fait. J'accueillis donc ce nouveau regard je ne sais trop comment, à coup sûr sans l'esquisse d'un sourire, gravement sans doute, mais je ne sus pas de quelle sorte de gravité, comment elle l'interpréta, indifférence, peur, froideur perverse. Le mieux que j'ai à faire maintenant, me dis-je, car ma décision est prise, et je ne sache rien qui désormais puisse m'amener à m'en déprendre, est probablement de me rapprocher d'elle, de lui dire un mot, un mot qui puisse racheter mon regard, ou le légender, mais quel mot, me disais-je, quel mot qui ne soit point trop fort, ni trop faible. Je ne vais tout de même pas lui parler du temps, d'ailleurs dans une piscine couverte ce serait une bêtise, une marque de bêtise, voire de folie. Mais, me dis-je, après tout n'y pense plus. Approche-toi, déjà, va donc vers elle, engage-toi de sorte que tu ne puisses plus reculer, tu verras bien, mon vieux, m'encourageai-je affectueusement, avec un brin de reproche anticipé toutefois, car je me méfiais un peu de mes réactions.

Mais, quand je parvins à sa hauteur, tout me parut simple. Elle me fixait, et, bien que je ne susse que faire d'une telle adresse, y répondre dans un effet de rime, me saisir de cette occasion qu'elle m'offrait d'une première réplique – et si, songeai-je un instant, je lui disais bonjour ? mais j'abandonnai cette solution, trop éhontément paresseuse, m'apparut-il –, et donc que dire, me disais-je, mais grosse bête ce que tu sens, bien sûr, l'évidence de ce que tu sens, ton élan vers elle, ton irrépressible élan, n'importe quelle phrase courte fera l'affaire.

Quoique, je m'en avise à ce stade, un peu tardivement je l'avoue, mais l'erreur est réparable, c'est d'abord au lecteur qu'il conviendrait qu'aillent deux ou trois de mes mots. Une petite mise au point, oui, pourrait être nécessaire, encore qu'il l'ait sans doute déjà compris, le lecteur, quand je parle de cette femme, de cette femme que je venais d'apercevoir dans la piscine, je ne parle pas de Marge, non. Car il ne s'agissait pas de Marge. Et, depuis que je venais de voir cette femme, cette femme dont je m'étais dit immédiatement que c'était elle, cette femme, donc, et non Marge, je ne pensais plus à Marge, ça doit paraître évident, maintenant. Et c'est cette femme neuve que je rejoignais, qui n'était pas Marge, laquelle eût bien davantage changé, bien sûr. D'ailleurs Marge à l'heure qu'il était ne pouvait qu'être moins jeune.

Et donc c'est cette femme que j'atteignais, maintenant, n'attendant plus Marge, ne me posant plus la question, latente toutefois, de savoir si Marge allait paraître, ou si elle avait paru. Je n'avais d'yeux que pour cette femme qui semblait m'attendre, elle, réellement, comme je l'avais attendue, sans doute, comme j'avais attendu toutes les femmes, y compris Anne Lebedel, oui, dans mon grand appartement, d'ailleurs il me faudrait dire un mot de plus, maintenant, sur cet appartement, car voilà que tout se précipite, que tout se précipitait, allons donc à la ligne, on y verra plus clair.

Cette femme, donc. Cette femme dans le petit bain que je rejoignais avec mon bonnet qui me cloquait sur le haut du crâne et rien à lui dire qui ne me parût lamentablement pauvre en regard de son si riche silence. Cette femme, qui n'était pas Marge, et que j'avais approchée, maintenant, presque au point de la toucher. Eh bien cette femme, je m'en étais aperçu, bien sûr, et dès le départ, cette femme avait un très très gros ventre.

Et, je dois le dire, je n'ai pas d'attirance particulière pour les personnes enceintes. Au contraire. Je les vois plutôt dans le camp adverse. Du côté des hommes, des hommes qui les ont mises enceintes. Et je n'aime pas trop ces hommes, qui mettent enceintes les femmes, ni ces femmes, donc, qui se sont laissé faire. Ça me paraît toujours un peu lâche, cette façon de se livrer, puis de porter le fruit de sa faute comme si de rien n'était, ou avec fierté, je ne sais trop, comme si je n'existais pas, moi aussi, comme si n'y étant pour rien je devais de surcroît me faire tout petit, ne pas respirer, et de fait ça leur est complètement égal, à ces femmes, que j'existe ou non, que je respire bien ou mal, elles passent, hautaines, un jour même il y en a une qui m'a bousculé. Donc, je n'ai pas d'attirance particulière pour elles, mais là, soudain, ça n'avait plus rien à voir. Cette femme, avec son très gros ventre, passait dans mon camp.

Son sourire en témoignait largement, auquel je m'accrochai comme à une bouée, je sais, la scène se passe dans une piscine, tant pis, va pour l'image de la bouée, d'autant que dans son regard, juste au-dessus du sourire, je ne me noyais pas, non, c'était bien d'un sauvetage qu'il s'agissait : je me disais, tant que tu la fixes, il ne se passe rien d'irrémédiable, c'est quand tu vas ouvrir la bouche que tout risque de se gâter, surtout avec ce qui t'effleure, là, cette idée qu'auprès d'une femme de ce genre il convient de s'informer de l'ancienneté de son état, de le dater, chasse-la donc, cette idée, si tu veux mon avis, tu ne la connais pas assez, cette femme.

Et, après tout, me dis-je, comme tu ne la connais pas assez, rien ne presse pour ce qui est de lui parler, de lui jeter à la face je ne sais quels mots qui tout à coup vont bouleverser cette scène, voire la bouleverser elle, qui sait, et pour le moins lui ôter du visage cette merveilleuse expression d'attente, et de surcroît la mettre en demeure de répondre, la sortir d'elle-même, donc, où elle m'accueille, pour l'instant, avec une telle bienveillance, ne sachant à qui elle a affaire, il est vrai, ce qui n'est pas si mal. L'idéal serait donc de faire durer cet intermède, car je sais que ce n'est qu'un intermède, forcément, dans trois secondes tout va changer, j'aurai pris la parole, je l'aurai prise avec ma parole, sous prétexte qu'elle me sourit, j'aurai abusé d'elle sur la foi d'un sourire, avec mes mots, là, que vicieusement je cherche, car je sais très bien que je ne dirai rien de frais, d'enfantin, d'immédiatement sincère. Tandis qu'un sourire.

Pardon ?

Oui, un sourire. Lui rendre son sourire.

Comment ça ?

Eh bien en lâchant du lest dans ton regard, mon vieux, pour commencer, en le faisant moins appuyé, ton regard, moins lourd, moins tendu, maintenant. Vous vous connaissez un peu, quand même. Un regard qui glisse, si tu veux. Qui se fait oublier. En tout cas, suffisamment pour qu'il ne pèse plus. Comme une caresse, si tu préfères.

Ah oui ?

Mais oui, mon cher, et dans le même temps tu travailles du côté des lèvres, toujours en silence. Je ne te dis pas que tu les étires, je n'ai pas dit ça. Tu les desserres un peu. Enfin, tu desserres légèrement les mâchoires. Elles sont serrées, là, tes mâchoires, tu t'en rends compte.

Donc, en résumé, tu te détends. Tu oublies un instant que cette femme a déjà commencé de compter, pour toi, de terriblement compter, tu oublies qu'à la voir c'est tous tes moyens que tu perds, tu n'y penses plus, à tes moyens, tu te montres un peu gentil, cordial, bref, détendu. En d'autres termes, tu essaies de penser à autre chose, enfin ce n'est pas ce que je veux dire, c'est même le contraire, mais tu tentes, dans ta pensée, de faire entrer un peu de sérénité. Oh et puis à la fin, me dis-je, tu te débrouilles. C'est ton affaire, après tout.

Et je fis à peu près ce que je me disais. Du côté des lèvres, je m'arrêtai juste avant le sourire, et même, pour être tout à fait juste, en deçà de l'esquisse, si je m'étais croqué en cet instant j'eusse pu me représenter avec le crayon à deux doigts de la feuille, et une grosse gomme à côté du bloc. Mais enfin ça y était, j'avais desserré les mâchoires, et je sentais vaguement que mon regard profitait de cette détente. Je ne sais pas ce qu'il y avait exactement, dans mon regard, un peu de cette décontraction de la mâchoire, sans doute, voire un peu du sourire que ne s'autorisaient pas vraiment mes lèvres. Bref, j'étais sensiblement en avance, à cet égard, j'avais un peu d'avance dans le regard, par rapport aux lèvres. Et, me dis-je, tu ne te débrouilles pas si mal, en définitive. D'autant plus qu'au fond, puisque tu as de l'avance, dans ton regard, puisque l'essentiel de ton sourire se tient là, tu peux peut-être en profiter pour te ménager un point de vue plus général de cette femme. Tu ne quittes pas des yeux son visage, en fait, tu prends juste un peu de champ. Tu glisses, donc, discrètement, ou si tu préfères tu t'attardes, oui, du regard, puisque tu as de l'avance, de ce côté-là, comme le lièvre de la fable. Elle, de toute façon, ça lui est égal, elle l'a capté, ton regard, elle y a vu cette détente que tu y mettais, et dans un sens elle prend elle-même du champ, goûtant sa victoire, c'est donc le moment ou jamais d'en profiter pour voir un peu largement qui t'emporte, ainsi, en marge de la vie que tu croyais avoir, désespérément dure, perdue, presque finie, déjà. En marge de Marge, aussi. Et d'Anne. En marge de toi.

Et, furtivement, posté derrière mon apparence de calme, je recadrai cette femme. Elle n'était pas belle, donc, mais, incontestablement, je le dis avant de la rendre visible, clairement visible, elle me revenait. Le Ciel, quelque part, à un moment quelconque, avait dû la concevoir tout exprès dans le dessein de me l'envoyer et, me disais-je, tu ne peux faire moins, face à un tel don, que de l'accepter. Mais également, sur ce don, tu te dois de renchérir. Il va falloir que tu donnes, oui, me disais-je, comme tu as donné, déjà, bien sûr, sauf que cette fois est la bonne, la seule vraie fois. Il n'y en a pas eu d'autre, il n'y en aura pas d'autre. Et tu peux prendre ton temps, maintenant. Tu sais à quoi t'en tenir. Tout peut s'écrouler autour de toi, ça n'y changera rien, un enfant sous tes yeux se noiera, tu ne le sauveras pas, tu ne l'auras pas vu, tu seras ailleurs, tu es ailleurs, dans ce que te promet cette femme.

Et pourtant, me fis-je observer, tu ne projettes rien. Tu es là, dans cet instant, avec juste ce petit problème, que lui dire, mais c'est un détail, ça t'est égal, tu te sens tellement détendu maintenant qu'à l'extrême tu ferais bien une petite longueur pour fêter ça, comme si ç'avait eu lieu, comme s'il n'y avait plus rien à faire, que de te réjouir, que de te dépenser en attendant de la retrouver. Car tu l'as trouvée, déjà, elle t'a trouvé, tu n'en reviens pas, décidément, ou plutôt si, tu en reviens, tu t'habitues, tu la connais, maintenant, cette femme, tu savais depuis longtemps qu'elle était ainsi, pas très grande, mince, en dépit de son ventre, ou plutôt non. Pas en dépit de son ventre. En effet, le ventre, chez cette femme, est comme rapporté. Or tu sais parfaitement que sous son maillot de bain ne s'insère nul kapok, dont serait vain le leurre. Tu sais que ce ventre est un vrai ventre, et qu'il s'agit du sien. Simplement elle le porte, ce ventre, avec l'enfant, comme en avant d'elle-même, de sorte qu'à l'ôter on ôterait à cette femme son être, sans doute, mais point son paraître, tout au plus la priverait-on de quelque atour, de quelque forme adjointe et transitoire sous quoi se dessinerait sa grâce. Car, si elle n'est pas belle, elle est gracieuse, vois-tu, et son ventre semble, tout comme elle, quelque apparition inexplicable mais prégnante, persistante, qui, dans le même temps qu'elle suscite l'incrédulité, la ruine. Tu vois ce que je veux dire.

Oui, me dis-je, je vois. J'avais d'ailleurs toujours aimé, je l'avoue, sinon ces femmes en attente de leur corps, du moins celles qui, sans esprit de prévision, ou parfois contre leurs prévisions, voyaient tristement, pour des raisons de conformation ou de régime, tant soit peu s'arrondir un ventre que s'efforçait de contenir, depuis quelques décennies, une mode fondée sur l'effacement. En vérité le prêt-à-porter, seulement soucieux d'étreindre et d'étrécir qui de droit, se développait au loin de ces ventres-là dont je goûtais, moi, la convexité, à l'occasion, d'un œil ou plus rarement d'une main qui s'en repaissait comme d'un sein, ou d'une fesse, si bien qu'à mon sens ces femmes sur les autres l'emportaient d'un atout, atout d'autant moins négligeable qu'à l'approche du pubis se ménageait ainsi une pente où s'avancer de la main relevait de la glissade, ou de la plongée, passé, donc, ce doux obstacle, auquel du reste rien n'interdisait, en le gravissant, de revenir ou, encore, tout obligeait à revenir, parfois, pour cause de fermeture, et faute d'un plus secret refuge.

On comprendra qu'alors, en découvrant cette

femme, en entrant moi-même dans son regard, et déjà dans sa vie, me semblait-il, on comprendra qu'à découvrir cette femme, dont le ventre effaçait à son profit les autres en s'affirmant sur le mode incomparable du triomphe, j'accomplissais un pas décisif. Cela dit, personnellement, je n'attendais pas d'enfant. Du moins pas tout de suite. Evidemment, maintenant, les choses changeaient, je voyais bien qu'il convenait de s'adapter. Et, de toute façon, j'étais prêt. Je voulais tout à l'heure parler de mon appartement, or il est temps à présent d'apporter quelque éclaircissement à ce sujet. Comme on s'en souvient peut-être, c'était un grand appartement. Et si je l'avais choisi grand, je puis le dire, maintenant, c'est aussi que le petit y avait sa chambre. Je dis le petit pour rester neutre. En réalité, je désirais une fille. Depuis toujours je désirais qu'une femme me fît une fille. J'ai toujours en effet eu horreur des petits garçons, qui tournent mal. Ils commencent par se battre dans la cour de l'école et, pour finir, deviennent de mauvais collègues. Non, je désirais une fille, dans mon grand appartement, et elle y avait sa place, dans sa petite chambre, il n'y manquait qu'une femme, pour qu'elle me la fît, pour que j'eusse envie de la lui faire. Ça n'avait pas été Anne, ça n'avait été personne, et maintenant c'était cette femme-là, qui ne m'avait pas attendu, sans doute, pour mettre en train les choses, mais enfin qui m'attendait, sauf dramatique erreur de ma part – mais je n'y songeais même pas –, pour qu'elles connussent un terme. Son ventre, là, c'est vers moi qu'elle le tendait, en toute fin de processus, pour m'en livrer le fruit, probablement dédaigné par quelque autre, qu'importe, ni elle ni moi n'agissions par calcul, en tout cas pas moi, moi c'était cette femme que je voulais, maintenant, cette femme faussement lourde, là, en tout cas pas lourde pour longtemps, me disais-je, oh là là non sûrement pas très longtemps, me répétais-je, tu as même intérêt à te dépêcher, c'était cette femme et pas une autre, donc, elle c'était son affaire, elle pouvait bien se sentir seule, abandonnée, c'est moi qu'elle venait de choisir. Car, je le signale, il y avait d'autres hommes, dans cette piscine, d'autres hommes seuls, or c'est moi qu'elle fixait ainsi, qu'elle avait laissé venir à elle, pour lui dire un mot, entre autres choses, pour me laisser le lui dire, et maintenant je m'en faisais une idée, de ce mot, une idée précise, il me restait à la formuler, sans doute, mais j'avais pris confiance, et tout à coup je me lançai, je lui posai une question, la seule qui valût, me semblait-il, en tout cas la seule qui désormais m'importât. Je parle de la question du sexe. Et, quelques instants plus tard, je me disais que, sans doute, j'avais encore perdu, en la circonstance, une occasion de me taire.

Tout, en effet, à l'en croire, laissait à penser qu'il s'agissait d'un garçon. Du moins m'avait-elle répondu, avec un parfait naturel, en conservant son sourire dont je craignis qu'il ne me concernât plus seul, que l'échographie, pour n'être pas très nette, laissait percevoir une tache guère équivoque, une sorte d'appendice, me dit-elle – ce simple terme, déjà, me fit frémir –, dont sa gynécologue ne voyait pas bien de quoi il pouvait s'agir – je soufflai un peu – excepté de quelque chose qu'elle avait nommé, donc, cette gynécologue, mais que je ne puis répéter ici sans revivre avec effroi l'impression que me fit un tel mot, prononcé du reste par cette femme d'un ton égal, où me parut cependant poindre un rien de gourmandise.

Je le dis sans attendre, j'étais effondré. Je ne comprenais pas comment cette femme, que je venais de choisir, et que j'étais tout prêt à aimer – que j'aimais déjà, en vérité, je le savais, ce phénomène-là, celui de l'amour, chez moi, était en marche, aussi sûrement que son objet, de son côté, allait donner la vie –, je ne comprenais pas qu'elle pût, en ma présence, envisager ainsi, froidement, que ce serait un garçon que nous élèverions ensemble. Non, je ne comprenais pas, et, à la faveur de ce flottement, je connus l'évolution la plus foudroyante, sans doute, qu'il m'eût été donné de vivre.

Car, comme cela m'était arrivé, déjà, et comme on l'a constaté, sans doute, à la lecture des lignes qui précèdent, le choix auquel il m'était donné de procéder n'en était pas un. C'était une mise en demeure, à quoi j'étais confronté, et nulle échappatoire désormais ne se présentait qui m'eût permis d'entrevoir l'avenir sans y porter quelque ombre. Cette femme, que j'attendais et qui m'attendait, elle aussi, à en croire son persistant sourire, attendait également un garçon, ce dont je n'avais pas été prévenu et qu'elle m'assenait ainsi, tout à trac, au détour d'une question qu'en dépit de sa gravité j'avais voulue banale, et propre à conforter nos rapports naissants. Mais en aucun cas l'aménité du ton sur lequel je l'avais posée ne sous-entendait qu'on pût y répondre avec une telle violence.

Cependant, le fait était là, et tandis que, les bras maintenant largement écartés du corps, elle laissait aller, au gré de la légère turbulence qu'occasionnait le clapot des enfants, ses mains à plat sur l'eau, comme pour en mesurer le niveau ou même le maintenir, ou encore en éprouver la masse, comme d'une sœur en conception, d'un ventre qu'eussent travaillé de l'intérieur toutes ces jeunes vies qui s'y mouvaient dans un chaos d'éclaboussements, j'observais cette femme et, le mot ne me semble pas trop fort, point trop anachronique, je continuais, je continuais, dis-je, à l'aimer, à la désirer, à la vouloir. Et, déjà, je commençais de m'incliner, imaginant l'enfant, ce petit garçon, oui, dont je me prenais à espérer que celui qui l'avait conçu n'appartenait pas à cette autre masse, celle, immense, des hommes contraires à mon cœur, et bientôt je fus à deux doigts de lui demander, à cette femme, qui était le père, à quoi il ressemblait, et surtout comment, l'ayant quitté elle, cette femme, qui m'emportait, moi, ou ayant démérité d'elle, il laissait quelque chance à ce petit garçon de n'être point pareil aux autres. À moins, me dis-je, bien sûr, heureusement, que ce ne fût à elle que l'enfant prendrait tout, la grâce, la douceur, la force. Et ce fut cette idée, je crois, qui m'aida à ne pas choisir, à poursuivre dans la voie que me montrait cette femme, toute tracée désormais, et qui me permit de changer de sujet, avec une sorte de maintien dans la décontraction, qui était en fait la marque, qu'elle perçut peut-être, tant elle était évidente, de mon acceptation.

Je fis donc à cette femme une remarque, assez anodine, sur les projecteurs, je parle des projecteurs qui éclairent les piscines, quand elles sont couvertes, en sous-sol, faute de quoi il y fait nuit, et je pus la voir vers les hauteurs hausser un œil. C'était la première fois, ou presque, depuis notre rencontre, qu'elle ne me regardait pas. Et, pour la deuxième fois, libéré ainsi de son regard, je la vis, comme je l'avais vue d'abord, ne m'ayant pas encore vu, et il me sembla que la première fois où je l'avais vue ainsi remontait à loin, plusieurs heures, ou plusieurs jours, et que j'observais à la dérobée une femme qui, participant un peu de ma vie, déjà, prenait indolemment quelque latitude, s'émancipait sans malice de quelque quotidien qui eût été le nôtre.

Son regard revint alors sur moi, et, comme elle me répondait, à propos des projecteurs, qu'il l'étonnait qu'ils ne fussent pas davantage cruels, pour les yeux – mais peut-être était-ce que, ajoutait-elle, n'ayant pas connaissance de leur présence, non seulement on ne les regardait pas mais on ne les voyait pas, et que nos yeux, par un heureux désistement de la conscience, étaient soustraits à leur éclat –, il me sembla, mais c'est un détail, c'était devenu un détail, à dix mètres de moi, donc, reconnaître Marge.

J'avais évidemment l'esprit ailleurs. Seule m'occupait l'idée qu'il s'agirait d'un garçon, et je tentais de m'y faire, tout de même, en attendant que le fît cette femme, en me disant qu'au fond un fils, si c'était le sien, surtout petit, comme ça, à la naissance, je ne pouvais pas savoir, quelle réaction serait la mienne, après tout déjà cette femme m'avait changé, alors pourquoi pas lui, son fils, en usant bientôt de ce babil monosexué par quoi tout enfant se manifeste, et dont on sait de quelle manière il nous confond, nous autres, hommes et femmes mêlés, alors pourquoi pas moi, hein, et plus tard quand sa main dans la mienne je le conduirais à l'école, son fils, qui serait un peu le mien, alors, me disais-je, car je l'aurais formé, formé à aimer les femmes, à commencer par sa mère, et à se méfier des hommes, à part moi, mais aussi des filles, plus tard, qu'il ramènerait à la maison, ça me consolait quand même, cette idée, qu'il me ramènerait des filles, le lien ne sera pas coupé, me disais-je, et après tout peut-être est-ce le bon choix, un fils, le meilleur, oui, alors qu'une fille, y as-tu songé, ce sont des hommes qu'elle te ramènerait, tôt ou tard, dans ton grand appartement, ah tu ne t'y attendais pas, à ça, hein, me disais-je. Et, décidément, quand il me sembla reconnaître Marge, qui se dirigeait vers moi, je n'eus qu'un réflexe, disparaître, me cacher. Or je savais comment me cacher dans une piscine, sous l'eau, mais le problème était que je ne voulais pas me cacher, je voulais qu'au contraire cette femme, dont je ne connaissais pas encore le nom, me vît, qu'elle continuât à me voir, qu'elle s'habituât à ma vue. Bref, cette fois, ce n'est pas la perche qu'on me tendait, avec ou sans épines, que je dus prendre, mais bel et bien une décision. Et je la pris.

Je fis exactement comme si je ne reconnaissais pas Marge. Et, au même instant, Flore plongea. Elle s'appelait, oui, ou plutôt se faisait appeler Flore. Je l'appris plus tard, et quand je l'appris je me fis la réflexion que dans son état, tout de même, elle eût pu recouvrer l'entièreté de son nom, Florence, qui prêtait moins au symbole, mais, m'étais-je dit, va pour le symbole, de toute façon c'est comme ça qu'elle s'appelle, elle, Flore c'est donc elle, c'est ma vie, c'est bien simple, je n'avais même plus envie de discuter.

Je me mis même à aimer ce nom.

En attendant, Flore plongeait. C'est-à-dire que, ayant réuni et tendu les bras devant elle, elle s'enfonça, sans transition visible, comme tirée par le fond, puis me parut se stabiliser, tel un esquif sur sa quille, tandis qu'en proue elle fendait l'eau de ses deux mains cycliquement jointes, et qu'elle s'éloignait de moi dans une lente rythmique, ses petits pieds – que je découvrais – affleurant parfois la surface comme au terme d'un profond mouvement de bascule, qu'elle n'eût point parfaitement contrarié.

En somme, elle m'abandonnait.

Face à Marge.

Qu'elle ne connaissait pas, sans doute.

Quoique, me dis-je, la coïncidence soit troublante.

Après Flore, je m'élançai.

Je la rejoignis à la limite du grand bain, que marque une pancarte accrochée à une chaîne tendue dans la largeur du bassin, et qui s'incurve.

Nous passâmes sous la pancarte – grand bain, mentionne-t-elle, profondeur 1,50 m –, et je lançai à Flore, de derrière mes lunettes, un regard de côté qui signifiait que, dans cette piscine, j'étais moi aussi venu nager.

Que rien ne se passait donc, ici, pour ce qui me concernait, que de très normal.

Ce fut notre premier bout de chemin ensemble.

Au terme du grand bain, Flore s'arrêta et se tint debout, les épaules émergées.

C'est ainsi que je fis connaissance avec le

repose-pieds. En saillie sur vingt centimètres, à la profondeur de un mètre trente, environ, il permettait qu'on y fît halte.

Nous soufflâmes.

Je vis Marge s'élancer à son tour.

Elle venait vers nous.

Je demandai à Flore si elle était fatiguée.

Elle eut un demi-sourire, et je lui dis que je revenais.

J'ai toujours dit ça aux femmes. Même pour un passage aux toilettes.

C'est peut-être pour ça qu'elles me quittent.

Mais je n'avais pas peur que Flore me quitte.

En route, je croisai Marge, qui ne me regarda pas.

Moi non plus.

J'arrivai au terme du petit bain en me disant qu'elle ne me cherchait pas beaucoup, Marge.

Quand elle atteignit le terme du grand bain, elle effectua un demi-tour, et Flore avec elle s'élança.

Elles arrivèrent sur moi toutes les deux.

Je n'eus pas la force de tourner le dos à Flore.

Je fis donc face à Marge.

C'était bien elle. Dix ans avaient passé, juste

comme ça, calmement, l'un après l'autre, sans qu'une année, selon toute apparence, se fût particulièrement distinguée à son endroit par sa violence. Marge était la seule femme vraiment belle que j'avais connue, tout à fait par hasard, du reste, et elle l'était toujours, belle, elle l'était même davantage.

Mais je ne l'aimais plus depuis très longtemps.

De surcroît, il se passa quelque chose d'extraordinaire, ou qui me parut extraordinaire, et que je ne crus pas.

Marge ne me reconnaissait pas.

Je n'allai pas jusqu'à ôter mes lunettes pour lui laisser une chance de se reprendre. Quant à moi, je n'avais pas grand mérite à l'identifier, derrière ses lunettes et les miennes, car je suis physionomiste. Les gens peuvent changer, dix ans peuvent passer, je les reconnais au premier coup d'œil. C'est ma manière à moi d'être attentif aux autres.

J'étais un peu gêné que Marge ne me reconnût pas, quand j'avais mis un nom, moi, le sien, sur ses lèvres franchement distinctes, l'une, l'inférieure, soulignant l'autre au point de l'effacer, presque, à force de renflement ; sur son nez, droit, avec une section de narine légèrement ascendante, qu'accusait ici le port des lunettes ; et sur l'infime infléchissement, dans le bas du visage, d'un ovale jusque-là parfait vers la figure plus commune, mais aussi plus sensuelle, du cercle. J'étais un peu gêné, mais, me disais-je, tu ne dois pas t'étonner que les choses s'ordonnent ainsi. Il est à noter cependant que Marge, contre toute attente, est venue au rendez-vous qu'elle t'a fixé, mais c'est peut-être aussi qu'elle devait venir, de toute façon, dans cette piscine. Qu'elle y cultive sa forme. Tandis que cette femme, elle, ne t'y a pas donné rendez-vous. Et pourtant, elle est venue. Et elle revient, maintenant. Vers toi. Avec Marge, oui. Mais qui s'en va, elle.

Marge en effet repartait vers le grand bain, tandis que Flore, fatiguée, venait se placer près de mon flanc comme au retour d'une absence. D'une absence dont nous fussions convenus. Et je ne savais que faire de Marge, de sa présence, après dix ans, de ce grand morceau de vie loin de moi qu'elle me livrait, là, dans ce lieu, sans apprêt, sous les espèces d'un corps mûri, d'un regard qui ne savait plus me voir. Gâchis, sans doute. Mais gâchis sans conséquence, que tout me portait à négliger dans un décompte qui n'en était d'ailleurs plus un. Je ne comptais plus. Je n'existais même plus. Par bonheur, je n'étais plus dans moi. Et, n'était mon hypertension, j'inclinais à croire que la période qui s'ouvrait m'apporterait le repos.

Flore aussi, en un sens, aspirait à une pause, dont la fatigue semblait appeler le départ dans les minutes à venir. Elle étendait les bras, de nouveau, latéralement, dans ce même mouvement d'imposition des mains sur l'eau, mais il y avait cette fois, dans son geste, les prémisses d'une conclusion qui me mit immédiatement en alerte.

Par chance, Flore n'était pas seulement fatiguée. Bientôt, elle me faisait part de sa fatigue. Je suis fatiguée, me dit-elle précisément, et cette phrase me resta longtemps pour ce qu'elle valait, conserva longtemps son caractère d'aveu. Je suis toujours touché depuis, quel que soit le contexte, de l'entendre s'énoncer. Qu'un homme, même, évoque dans ces termes quelque hypoglycémie bénigne, impropre à le terrasser, et me voilà ému comme une jeune fille. Il y a dans la vie des phrases comme ça, dont le sens se verrouille, et qui forcent à les contourner.

Donc, Flore voulait partir. C'est ce qu'elle me disait. Et, sans doute, il arrive qu'une femme, nous informant d'un tel désir, nous signifie aussi qu'elle nous quitte. Mais ce n'était pas ce que Flore disait. Elle disait Je suis fatiguée, et son regard, plus long que ses mots, ajoutait ceci, qui en constituait le sens : Partons.

Et il n'est pas exagéré de dire que nous partîmes.

La chose se fit un peu bizarrement, certes, car Flore, escomptant que je complétasse tant soit peu sa proposition en amorçant moi-même une phrase, ou encore un geste, testait toujours l'eau de la piscine de ses deux mains posées à plat sur elle, comme si, ayant seulement décidé que nous partions, et que cela dût être, avec ou sans mon aide, elle se fût contentée d'attendre que le niveau s'en élevât pour que l'eau d'elle-même, en nous hissant, nous déposât au sec. Mais je pris sur moi d'accélérer le mouvement en suggérant à Flore de sortir, et d'aller prendre quelque chose dans un café.

Evidemment, c'était un peu ridicule, voire régressif, puisque nous étions déjà ensemble, que de proposer à cette femme à demi nue dans une piscine, avec qui je me trouvais à demi nu moi-même, de nous retrouver vêtus, et qui plus est sur la terre ferme, avec, comme seul souvenir de l'eau où nous nous tenions, un peu de liquide, dérisoirement moins de liquide contenu dans un verre où nous ne plongerions, dans le meilleur des cas, qu'un touilleur en plastique ceint de son citron-rondelle. Mais elle n'en parut pas choquée. Et nous nous quittâmes en haut de l'échelle, pour nos douches respectives, convenus de nous retrouver devant les sèche-cheveux près de la caisse. Des sèche-cheveux à pièces, eux aussi.

Je me permis de prendre un peu de retard sur elle, quand elle eut passé le pédiluve vers les douches, en me disant que je me rattraperais en m'habillant plus vite, ce qui me semblait probable : à deux pas du pédiluve des hommes, je m'arrêtai pour jeter un regard sur le bassin, où Marge évoluait toujours.

L'étonnant, constatai-je, est qu'elle ne semble pas me chercher. Cela me parut invraisemblable, et je me demandai si, au fond, il s'agissait bien d'elle. Evidemment, dans l'identification que j'avais opérée, j'avais tenu compte du temps, et c'est son visage sensiblement changé, malgré tout, que j'avais cru retrouver. Or ce qui m'avait paru différent, et que j'avais attribué à l'âge, pouvait aussi bien être ce qui, chez une autre femme que Marge, eût témoigné de sa pleine identité, tandis que ce que j'avais cru reconnaître en Marge pouvait, chez une autre femme, relever au contraire d'un changement, voire d'un rajeunissement, en admettant bien sûr qu'entre les deux femmes il eût existé plus qu'une ressemblance.

Quoi qu'il en fût, je regardai cette femme, Marge ou une autre, nager vers le grand bain comme quelqu'un qui s'éloigne et dont le visage s'efface, comme si l'espace, la distance qu'entre elle et moi laissait cette femme, physiquement, substituée au temps qu'elle avait vécu sans moi, prenait, en grandissant sous son avance, la dimension de l'oubli. Et le seul signe qu'il me fût donné de recevoir, avant de quitter la zone du bassin, fut celui que m'adressa l'homme qui avait remis en place mon fermoir. Il me saluait, de l'extrémité du grand bain, debout sur le repose-pieds, d'un ample geste du bras qui me laissa un instant songeur quant à l'étrange camaraderie qui soude les hommes, parfois, au prétexte que, contre quelque infime adversité que ce soit, ils se sont battus.

J'eus un petit problème avec mes chaussettes. Les pieds, probablement, constituent la partie du corps la moins aisée à sécher, sans doute parce que l'homme, quand il est empêché de s'asseoir – comme c'était mon cas dans cette cabine, dont j'avais encombré le petit banc de mes affaires, que je ne voulais pas mouiller en les déposant au sol, qui l'était déjà, lui, mouillé –, parce que l'homme, dis-je, n'accède à leur plante, avec sa serviette, que l'une après l'autre, au prix d'une difficile station sur une jambe. Or, le sol étant mouillé, je dus aussi, quand j'eus approximativement séché mon pied gauche, le maintenir en l'air, pour y enfiler ma chaussette, et prolonger d'autant ma station sur le droit, tâche dans laquelle je n'échouai qu'une fois, il est vrai, mais une fois suffisante pour que, mon pied gauche ayant en quelque façon chuté puis rencontré la flaque où je me tenais en équilibre, je dusse réentreprendre de le sécher. Par chance, je n'étais pas parvenu à y enfiler ma chaussette. Mais ce ne fut pas avec ce pied-là que j'eus le plus de mal.

Debout ensuite sur le pied gauche, en effet, où j'avais finalement enfilé ma chaussette et, dans la foulée, si je puis dire, ma chaussure, je parvins sans trop de peine à maintenir en l'air le droit, nu, mais sur celui-ci, encore trop humide hélas pour qu'elle y glissât sans problème, ma seconde chaussette parvenue à mi-chemin refusa d'avancer, de sorte que, de son côté fermé, elle se mit à pendre, tandis que je tirais en vain, sur sa partie ouverte, afin que tant bien que mal elle s'enfilât. Pendant quelques précieuses secondes, donc, rien n'y fit, et c'est toute la chaussette, bientôt, que je dus ôter avant de la retrousser, cette fois, de façon que son bout fermé, faisant butoir sur mes orteils, me permît en la déplissant d'en hausser l'ouverture au niveau convenable, à savoir celui de ma cheville.

Et je ne parle pas des talons, celui du pied et celui de la chaussette, qui ne parvinrent jamais à parfaitement coïncider. En clair, je pris encore un peu de retard.

J'arrivai en hâte près des sèche-cheveux, persuadé, dans ma durable euphorie, que Flore s'y trouverait, fidèle au rendez-vous, or elle ne s'y trouvait pas. Mais je refusai de m'inquiéter, je décidai qu'elle était plus en retard que moi, qu'elle ne m'avait pas laissé en plan comme cela devait normalement se produire, et, quand elle se présenta, je fus sur le point de défaillir, mais je sus me reprendre.

Comme je pus, donc, je dissimulai mon trouble, qu'il me fallait, me disais-je, absolument celer car Flore, sans doute, n'eût pas compris que pour de telles raisons je pusse en être la proie. Elle avait l'air de trouver ça normal, elle, d'être là, avec moi, alors que vingt grandes minutes s'étaient écoulées sans que nous eussions été ensemble. Or elle me retrouvait, simplement, et, je le notai, elle ne semblait pas renouer avec moi, mais bel et bien reprendre notre relation là où nous l'avions laissée, comme si, déjà, le peu que nous avions vécu tous deux eût représenté un acquis. Je pris, alors, la liberté de m'en réjouir, et, tandis qu'elle se séchait sous une des bouches scellées dans le mur, avec ces vifs mouvements de tête qu'ont parfois les femmes, en ces occasions, et qui répandent d'un côté ou de l'autre la masse insoupçonnée de leur chevelure, je l'observais à la dérobée, presque heureux, déjà, et calculant qu'à mon bonheur il ne manquait qu'un peu de temps, désormais, toujours un peu plus de temps, bien sûr, passé en sa présence, n'importe où, évidemment, et à n'importe quel prix.

(De ce prix, toutefois, je le précise, j'excluais l'argent. J'en avais peu, et l'avenir ne m'en promettait guère. Mais je n'étais pas inquiet, je ne pensai pas longuement à cet aspect des choses.)

Je voyais également, pour la première fois, alors que je la connaissais à peine, Flore vêtue. Je tâchai, par pudeur, de ne point trop la détailler ainsi, soudain couverte d'une de ces robes spéciales, adaptée à son cas, mais, justement, sa robe ne me semblait pas adaptée, enfin pas assez, passé les seins elle s'enflait, retombait loin devant elle, on eût dit qu'elle la portait. J'entends par là comme l'enfant, un peu à distance d'elle-même, comme si elle eût voulu lui faire faire du chemin, à sa robe, sans doute en direction de sa penderie, ou plus probablement d'une friperie, où elle s'en débarrasserait une fois l'enfant fait, c'est cet aspect éphémère qui saillait, dans son port, car Flore semblait aussi bien, dans cette robe, figurer la femme qu'elle serait, en filigrane, d'ailleurs cette robe était transparente, on y devinait tout, ce qui était, ce qui allait venir, du moins en ce qui la concernait, quant à moi je n'osais trop m'avancer, c'était déjà beaucoup que cette femme fût là, avec moi, au bord de l'enfantement, comme si elle eût été prête à m'en offrir le fruit, mais je n'en demandais pas tant, non, enfin pas tout de suite, je suis capable d'attendre, me disais-je, quoique j'eusse aimé me faire une idée de cette attente, projeter une date, forcément proche, du reste, me disais-je, mais tout de même, elle devait bien avoir une date, cette femme, une vague prévision, et, soudain, sans plus balancer, je le lui demandai.

Tandis que je me disais, cette fois, que j'étais allé trop loin, Flore, se coiffant à grands coups de brosse, m'adressait une réponse évasive, d'où je retins à tout hasard le mot de quinzaine. Au vrai, ce mot, elle l'avait laissé flotter à la surface de sa phrase, soit qu'elle l'eût à demi mangé ou murmuré et qu'un peu de sa substance seulement eût affleuré dans sa remarque, soit que je l'eusse déduit d'un sens plus général, d'un ton, je me souviens mal, toujours est-il que bientôt, dans la rue à la recherche d'un café, nous causions ensemble sans gêne, abordant même la question du prénom, celui de l'enfant – dont, s'agissant d'un garçon, je ne me faisais pas la moindre idée, mais, à ma surprise, elle n'en avait pas non plus –, ce qui me permit de dire à Flore, donc, cette histoire de nom, que je ne connaissais même pas le sien, mais qu'elle, oui, elle le connaissait, forcément, pas comme celui de l'enfant, donc, et qu'elle pouvait me le dire. Ce serait un début, dis-je. Personnellement c'est Luc mais ça n'a pas d'importance, en général on m'appelle plutôt Gavarine.

Comme nous cheminions vers je ne sais où, le café que nous cherchions, sans doute – mais nous n'abordions plus cette question, et nous dépassâmes sans y faire allusion plusieurs établissements de ce type, d'ailleurs fermés –, Flore, qui logiquement ne s'intéressait pas plus que ça à mon sac de sport, me demanda en revanche ce que je transportais dans ma serviette.

Non ce que j'y avais, mais ce que j'y transportais. Comme si ma serviette, à ses yeux, tout comme elle, qui avançait prudemment, un peu en retrait d'elle-même, à petits pas, la pointe des pieds tournée vers l'extérieur, en une scénographie dont le classicisme n'empêchait qu'elle me fascinât telle une absolue rareté, comme si ma serviette, disais-je, n'eût abrité qu'un contenu exceptionnel, et que, de cette serviette, je ne me fusse encombré ce jour-là que pour des raisons particulières et même étranges, en tout cas qui l'intriguaient assez pour que, encouragée par le début de familiarité qui s'instaurait dans notre échange, elle eût eu l'aisance de les questionner.

J'éprouvai alors une sensation mêlée, où l'étonnement le disputait à la gratitude, l'un et l'autre cédant le pas, en fin de compte, à la conscience d'une vanité. De cette femme, la seule qui se fût jamais préoccupée un peu sérieusement de ma serviette, je n'attendais pas au fond qu'elle s'en souciât, ou plutôt, de cette serviette, qui intriguait cette femme que je commençais à considérer comme mienne, je ne me préoccupais plus. Cependant, elle était vide, je m'en souvenais, et je ne voulus pas le dire. C'était trop gros, trop long à expliquer, je mentis.

Rien, rien, dis-je.

Et que j'eusse en quelque façon énoncé ainsi une vérité ne m'abusa guère qu'une demi-seconde, après coup, sous l'effet d'un écho de sens. Au contraire de Flore, à qui je persuadai dans le même temps que ma serviette contenait quelque chose que je voulais lui taire. Or, pour moi c'est clair, bien sûr, je ne lui cachais point ma honte de porter une serviette vide, qui n'était pas si grande, au fond, car mes raisons n'étaient pas si mauvaises, non, je ne lui cachais que ma honte d'avoir des secrets, des secrets pour elle, quand j'eusse voulu qu'entre nous rien ne pût s'interposer qui fît gravement obstacle. Ayant menti si clairement, ou du moins évité si clairement le sujet, je dus prendre sur moi d'en aborder un autre, et, tandis que j'en cherchais un, Flore, qui ne semblait pas choquée à l'excès de mon évitement, me reparla de la piscine, en des termes qui suggéraient, me sembla-t-il, que nous pourrions nous y revoir.

Je fus, moi, choqué de sa proposition. En effet, la piscine, nous en venions, elle était loin de moi, du moins, et je pensai qu'elle était loin de nous, derrière, puisque Flore et moi allions de l'avant, désormais, là où il n'y aurait jamais plus de piscine, ni de Marge, ni d'Anne Lebedel pour me jeter dans les bras des femmes qui hantent les piscines, et de surcroît, outre que je ne tenais pas à retrouver Marge, je n'aime pas trop les piscines, en vérité, j'étais même content d'y avoir rencontré Flore, comme ça, c'était fait, je n'avais plus à m'embêter avec ces histoires, et voilà que Flore, me semblait-il, comme s'il ne s'était pas déjà passé quelque chose, entre nous, quelque chose d'irréversible, me proposait de revenir en arrière dans les jours à venir.

Non, dis-je donc. Je ne fréquente pas cette piscine. Je n'en fréquente aucune. Je n'aime pas tellement les piscines. Mais, je ne sais pas si c'est possible, j'aimerais vous aimer, vous, d'ailleurs c'est fait, dis-je, j'aime déjà vous aimer, mais, ajoutai-je afin d'être bien compris, je n'aime pas tant que ça les piscines. Ni le passé d'une façon générale, ajoutai-je encore, mais je me dis que ça n'était pas bien clair, comme remarque, dans le contexte. Puis je me tus parce que je me souvenais de ce que je venais de dire. Tu es complètement fou, me dis-je, ou plus justement tu manques de la plus élémentaire prudence, c'est sûrement que tu as envie de faire l'imbécile. Ça te manque, de faire l'imbécile, hein. C'est vrai, ça, des fois qu'il te resterait une petite chance de ne pas tout gâcher, on ne sait jamais, autant tout foutre en l'air tout de suite. C'est toujours mieux que le bonheur.

Et qu'est-ce que vous y faisiez ? dit Flore.

Car elle me parlait. Me répondait. En effet, j'avais dit quelque chose, au début de ma phrase, je ne me rappelais plus quoi, je savais vaguement qu'il y était question de piscine, ah oui, ça me revenait, je ne les fréquente pas, avais-je dit, et donc qu'y faisais-je ce jour-là, oui, cette question fait sens, me dis-je, cette femme me rendra fou à ne retenir que les détails, mais non, imbécile, remercie-la, plutôt, elle te laisse ta chance, là, elle te l'offre, même. Alors dis-lui quelque chose, n'importe quoi, que ta douche est en panne, tiens. Ta douche serait en panne. Non ?

Mouais.

Ma douche est en panne, dis-je.

Blanc.

C'est surtout pour la douche, me repris-je. J'avais besoin de me laver. Je ne sais pas si vous avez remarqué, mais il n'existe plus tellement d'établissements de bains-douches, de nos jours. Vous savez, ces machins carrelés jusque sur la façade.

Je faisais des gestes, en plus. Avec mes souvenirs, maigres, que précipitamment je rameutais, j'essayais de reconstruire une façade de bains-douches.

Ça me valut un sourire. Un petit. Je ne sus

pas quoi y mettre. Après tout, me dis-je, tant que tu l'amuses.

Et demain ? me dit Flore.

Demain ? dis-je.

Oui, demain, me dit Flore. Vous ne vous lavez pas ?

Une rue sur la droite se présentait où je faillis m'engouffrer pour disparaître.

Si, dis-je. Je connais un plombier, quand même. Il y a quand même un plombier, dans ma vie. Il doit passer dans la journée.

De toute façon, me dit Flore, je ne retourne pas à la piscine.

Ah, dis-je.

Je ne comprenais pas tout. A moins que notre histoire ne prît fin, là, passé ce tournant où je n'avais pas disparu, et que je ne dusse prendre mes dispositions pour m'y faire. La routine, en somme. Quoique je me fusse un peu déshabitué. Je serrai fort la poignée de ma serviette.

Et si j'y étais retourné, moi ? dis-je.

A la piscine ?

Oui, dis-je. Vous ne seriez pas venue.

Vous n'y seriez pas retourné, me dit Flore. Vous n'y seriez pas retourné parce que je ne vous l'aurais pas demandé. Mais je voulais savoir si vous y retourneriez, si je vous le demandais.

Et vous voulez toujours le savoir ? dis-je.

Oui, dit-elle.

Oui, dis-je.

Mais je ne vous le demande pas, dit-elle.

En effet, dis-je.

Je retourne chez mon frère en Corrèze pour accoucher, dit-elle. Demain.

Elle avait l'air de trouver ça normal, que ça m'étonne. Mais ça ne m'étonnait pas. J'étais prêt à n'importe quoi. Quelque chose dans mon attitude avait dû l'égarer. Un rien de tension dans le visage, sans doute.

Par le train de neuf heures cinq, ajouta-t-elle.

Quel numéro ? dis-je.

J'allais me gêner. Puisque le ciel s'ouvrait. Non. Une fenêtre. Une fenêtre dans un wagon. A moins qu'elle n'eût réservé côté couloir.

Attendez, dit-elle.

Elle fouilla dans son sac. Nous avions atteint un deuxième carrefour. C'était un quartier en pente. Il n'y avait rien d'intéressant dans les rues transversales, et dans celle que nous descendions les boutiques étaient fermées. Plus bas, c'était pareil. Nous pouvions aussi bien rester là. On était bien, là, debout sur le trottoir.

Elle me montra son billet.

Elle me le fit lire.

C'était captivant.

Je le lui rendis.

Vous accepteriez que je vous accompagne, dis-je.

Oui, dit-elle. Mais ce ne serait pas raisonnable.

Nous nous regardions.

Je n'ai pas dit ça, dis-je.

Je vais vous dire une chose, dit-elle. Je ne veux pas vous en empêcher. Si ça ne vous dérange pas.

N'exagérez pas, dis-je. Je me pose surtout une question. Je voudrais savoir.

Oui ?

Nous ne bougions pas.

Si ça vous fait plaisir, dis-je.

Oui, dit-elle.

Je ne lui demandai pas ce qui lui ferait plaisir. Que je l'accompagne au train, que je l'accompagne en train, ou que nous vivions ensemble le restant de nos jours avec le petit. Sur ce point, une légère incertitude planait.

Mais c'était trop tard. Notre échange roulait bien, là, et je ne me sentais pas de le reprendre en amont.

L'essentiel est que je ne voyais pas de raisons de ne pas partir. Je n'en cherchais pas, je ne m'en sentais pas le temps. Réfléchir était la dernière chose dont j'eusse besoin. C'est d'elle que j'avais besoin. Et elle partait.

Il faut qu'on trouve un café, dit-elle.

Oui, dis-je. Bien sûr.

Je ne bougeai pas. La regardai.

Je ne voyais plus l'utilité d'un café, maintenant.

Elle, si.

Il faut vraiment que je trouve un café, dit-elle.

Bon, dis-je.

Nous continuâmes de descendre la rue. Sur sa fin un café s'ouvrit. Nous y entrâmes, aux toilettes Flore s'éclipsa. J'avais commandé deux jus de fruit. Un jaune, un rose.

Il faut que j'y aille, me dit-elle en revenant.

J'aurais voulu savoir où. Mais une autre question se tranchait là : je ne l'accompagnerais pas à la gare. C'était son affaire, de se rendre à la gare. Avec ses bagages, certes. Dans son état, sans doute. A moins, me dis-je, qu'elle ne s'y fît accompagner. C'eût été embêtant. Bien sûr, je n'avais aucun droit sur elle. Jusqu'au lendemain. Neuf heures cinq, avait-elle dit. Je l'avais même lu. Ne rêvais pas, donc. Tout de même, elle partait vite. Maintenant, je veux dire. Nous avions si peu parlé. Mais je voyais d'un bon œil qu'elle me quittât. Je n'envisageais pas comment, autrement, nous nous serions dit à demain. Outre que je ne l'eusse pas osé, je ne pouvais pas lui proposer de venir chez moi, j'avais perdu mes clés. Et je n'en avais pas envie. Ni moi d'aller chez elle. Elle ne me le proposait d'ailleurs pas. Restez encore un peu, dis-je.

Non, dit-elle. Il faut vraiment que j'y aille.

Son *y*, là, j'aurais décidément donné cher pour savoir ce qu'il cachait.

Ce n'est pas parce que ça va si vite, me dis-je, que ça n'existe pas.

C'est parce que ça existe, me dis-je, que ça va si vite.

L'un prouve l'autre.

De toute façon demain je pars.

Dans tous les cas.

S'il vous plaît.

Oui ?

Un autre jus d'ananas.

Merci.

Puis je rentrai chez moi.

C'est ce que j'allais dire.

C'est ce que je pensai, sur le coup. Il n'y a que chez soi qu'on se repose vraiment.

Puis je rentrai à l'hôtel, donc. Je n'avais pas envie de traîner. La ville ne me disait rien, où ce même jour n'eût pas été le suivant. Seul le soir me tentait, qui jouxterait la nuit. Je m'en rapprochai, du mieux que je pus, sans quitter ma chambre. Je ralliai tantôt un mur, tantôt l'autre, vérifiai qu'une porte s'ouvrait bien dans le troisième, gardai mes distances par rapport au dernier, où s'adossait mon lit. Puis je descendis téléphoner. Pas de message sur mon répondeur. Ni d'Anne, ni de Marge. Marge, c'était plus troublant. Mais je n'étais pas troublé. Elle pensait peut-être que je n'étais pas venu. Amusant.

Je me couchai tôt, me relevai tard, faillis m'endormir à l'aube, je préférai me raser. J'avais acheté des rasoirs jetables avant de rentrer à l'hôtel. Et quelques vêtements. Pour le reste, j'avais mon sac de sport.

Je me rasai de gauche à droite. La confiance, sans doute, à quoi se joignait la hâte. D'ordinaire, je ne me rasais pas de gauche à droite. Ni de droite à gauche. Je me rasais un peu à droite, ou à gauche, puis un peu à gauche, ou à droite. Symétriquement. Le haut de la joue gauche, puis le haut de la joue droite. Et ainsi de suite. Comme ça, me disais-je, s'il arrive une catastrophe, que tu doives te précipiter au-dehors, tu es tranquille. Personne ne pourra dire que tu ne t'es pas rasé. On pensera que tu as commencé, ce matin-là, à te tailler la barbe. Que tu te laisses pousser le bouc. Je gardais toujours le menton pour la fin.

Mais là, non. En dépit de mon rythme, assez soutenu, je me rasai tranquillement. Aucune peur d'un tremblement de terre, d'une explosion de gaz.

Quant aux deux heures qu'il me restait avant de me rendre aux guichets de la gare, je n'en tuai qu'une. Elle se défendit crânement. Hautaine, cette heure, provocatrice. C'est avec moi que tu commences la journée, me disait-elle. Je me ferais bien plus tardive, mais je n'y peux rien, c'est dans ma nature. Tout dépend de toi. Défends-toi, mon vieux. Résiste, si tu es un homme. Essaie. Distrais-toi. Tu vas bien voir si je passe.

Elle passa. J'étais fourbu. Face à la deuxième heure, la huitième, en temps normal, j'abandonnai le terrain. Je quittai la chambre et pris la direction de la gare.

Je conservai vingt minutes d'avance. J'achetai mon billet, gagnai la zone des panneaux d'affichage. Trop tôt pour que s'y inscrivît le numéro de quai correspondant au train. Flore n'était pas là. Normal, me dis-je. Elle n'est pas en avance. Dix minutes plus tard, je me demandai si elle serait à l'heure. Cinq minutes encore, et je me rassérénai. Enfin une situation ordinaire, me dis-je. Elle ne viendra plus. Elle n'a jamais eu l'intention de venir. Quand même, calculai-je, j'aimerais mieux qu'elle arrive. Je préférerais partir avec elle. Sinon, qu'est-ce que je vais faire à V..., tout seul ? Et puis je n'ai que cinq mille francs devant moi.

Non que j'escomptasse emprunter à Flore. Au contraire. Je lui eusse volontiers offert ce qui me restait. D'ailleurs, je ne voyais pas ce que je pouvais faire de cinq mille francs tout seul. A part durer. Un peu. Ça n'était pas si mal, au fond. Durer ailleurs. Ailleurs qu'ici. J'en avais assez fait, ici.

A trois minutes du départ, je m'inquiétai. Ce n'est pas le mot. Je devenais fou. Je prenais les gens au coude. Vous n'avez pas vu une femme, commençais-je. Je la leur décrivais. Ne vous inquiétez pas, me disaient-ils. Vous ne devriez pas la manquer. Je faillis me battre.

Je me ruai dans le wagon. Je ne sais pas par où Flore était passée, mais elle était là. Je l'avais manquée. Incroyable. A moins qu'elle ne m'eût évité. Non. Elle m'adressa un petit sourire. Complice. Je me demandai de quoi. Un homme était assis près d'elle.

Il riait. Tous deux riaient. Avant que je n'arrive, ils riaient ensemble. Ils en gardaient la marque. Même le sourire de Flore, me dis-je, si ça se trouve, en constitue la suite. La suite de son rire. Une décrue, en fait. Une queue de phénomène. J'arrive dans ce wagon, où elle riait avec cet homme, et ça ne la fait plus rire. Moi non plus.

Je trouvai une place libre, à sept mètres de distance, rangeai mon sac dans le porte-bagages, au-dessus du siège. Train 6045, entendis-je, fermeture des portes, départ dans une minute. Très bien, me dis-je.

Allons-y.

J'étais assis en face d'elle. Le train roulait. Nous étions tous deux côté couloir, je ne voyais plus l'homme. Je la voyais elle. L'air de quelqu'un qui écoute. Elle tournait la tête, sur sa gauche, un peu. Vers lui. Puis me regardait. Je la regardais. Incapable de construire quelque chose, dans mon regard. Elle, dans le sien, si.

Une tendresse. On en est déjà là, me dis-je. Un cauchemar. Celui dont tu rêvais, peut-être.

Et puis non, me dis-je. Cet homme a simplement retenu sa place. D'ailleurs il n'y a pas que de la tendresse, dans ce regard. Au fond, il y a de l'interrogation. De l'interrogation sur ce vide, qu'il y a dans le mien. Ou plutôt sur cette interrogation, dans le mien, concernant le sien. C'est cet homme qui fiche tout par terre. Il faudrait que j'aie le courage de changer de place. De demander à quelqu'un de seul de prendre ma place. Pour que je prenne la sienne. Car je n'étais pas seul. Un homme lisait à côté de moi. De demander, donc, à quelqu'un de seul de prendre ma place, de me laisser la sienne, avec le siège libre à côté, et tout ça pour quoi ? Pour proposer à Flore de me rejoindre, alors qu'elle est avec ce type et qu'elle n'a rien fait pour me rejoindre, elle. Et qu'elle rit, avec cet homme. Ça demande réflexion, me dis-je.

Derrière les vitres, la banlieue s'achevait. Les pavillons s'écartèrent de la voie. Se firent châteaux, bâtiments de ferme. Des lacs s'ouvrirent dans le vert. Au loin une route sinua.

Bon, me dis-je. Pas de doute. Le train roule.

Je suis parti. C'est peut-être mon voyage à moi. A moi seul. Que cette femme me regarde, inexplicablement, en demeurant auprès de cet homme, qui la fait rire, c'est normal. Elle m'accompagne en enfer. Elle me tient à distance la main. Voilà, me dit-elle, c'est là que tu vas. Sans moi. Je sais que ça va être dur, alors je reste un peu. Mais j'ai sûrement tort. Trop sensible, si tu veux mon avis. Les hommes m'ont toujours fait ça. Pas pitié, non. Peine. Cette façon qu'ils ont de se précipiter dans le mur. J'ai beau faire, ça me touche.

Je faillis m'endormir. J'essayai. Comme ça, me disais-je, quand j'ouvrirai les yeux, j'aurai peut-être une surprise. L'homme aura disparu. Et, à la place de mon voisin, qui vient de plier son journal, elle sera là. Tu peux toujours rêver.

Mais j'avais peur de fermer les yeux. Qu'elle en profite pour disparaître. Encore que c'eût été plus clair. Non. C'était mieux comme ça. Je préférais la voir. C'était plus compliqué. Les complications, me dis-je, c'est quand même ce qui me reste. Avec ma serviette. Je l'avais emportée. Ça, c'est ce qui me restait de prudence.

Puis Flore se leva.

Elle vint vers moi.

Tous les deux mètres, elle se tenait aux sièges.

Elle s'appuya contre le mien.

Bonjour, me dit-elle.

Je me sentis capable de lui répondre. Je veux dire que, en même temps qu'elle m'en privait, là, dans mon siège, où elle s'appuyait, et où je me tassais, moi, saisi, non, tassé, oui, annihilé, soudain, elle m'en donnait la force.

Bonjour, dis-je.

Ça ne redémarre pas trop mal, songeai-je.

Une sorte de calme me tombait dessus. Pas si difficile, me disais-je, de renaître. Je me sentais nu, défait de mes soupçons. Je redécouvrais la vie : une transparence, au fond. Cette évidence, que je ne veux pas voir, jamais. Qu'il existe, quelque part, quelqu'un. Un jour. Et que ce quelqu'un, c'est aujourd'hui. Ici. D'ailleurs elle était déjà là hier. C'est bien la preuve.

Il descend à la prochaine, me dit Flore.

Elle s'était penchée sur moi. Je sentis son souffle. Ou je l'imaginai. En tout cas, elle murmurait. Elle murmure, me disais-je, elle me murmure ça à moi. Qu'il descend. Dans un souffle.

D'où mon erreur. Ce n'est pas son souffle que je sens. C'est cette phrase, son sens, qu'elle me livre. Cet homme n'est rien dans ma vie. N'existe pas. Rejoignez-moi après l'arrêt.

Dit-elle, cette fois.

Puis elle prit la direction des toilettes. Je vis l'homme se lever, attraper son bagage, s'engager avec d'autres dans le couloir. Le train freina. Cinq minutes d'arrêt. L'homme descendit. Normal, certes. N'empêche. Flore revint, passa à ma hauteur. Elle toucha mon bras, rejoignit sa place. J'eus envie de m'arracher le bras. On n'a pas besoin de deux bras. Un bras valide, voilà, et l'autre, celui qu'elle vient de toucher, dans le formol. Sur la cheminée. Dans mon grand appartement. Quand elle m'aura quitté.

Je me levai, la rejoignis, elle m'attendait toujours. Côté fenêtre, maintenant. Je m'installai côté couloir. Ne la vis plus vraiment.

Vous auriez dû venir, me dit-elle. Me parler. Mon voisin vous aurait cédé sa place.

Sa voix. Je n'ai pas parlé de sa voix. Plus tard.

Vous auriez moins ri, dis-je.

Ah, dit-elle.

L'œil voit large. Sans bouger, je captai un coin de son sourire. Je parlerai aussi de son sourire.

Je n'avais pas envie de rire, dit-elle. C'est lui. Moi, ça m'est égal de rire. On rit faute de mieux, parfois. D'ailleurs, vous voyez, je ne ris plus, dit-elle avec le même sourire. Ça m'agace, de rire. Ça me rend nerveuse. Je ris nerveusement. Toujours. Vous, vous m'apaisez.

Non, dis-je, c'est impossible. Absolument impossible. Je suis extrêmement tendu. Vous, vous ne m'apaisez pas. Enfin, difficilement. Vous m'apaisez difficilement.

C'est mieux que rien, dit-elle.

Et je ne connais aucune histoire drôle, dis-je.

On ne va pas se disputer, dit-elle, on n'a qu'une heure devant nous. Après, à la gare, il y aura mon frère. Il s'appelle Jean. Il va être surpris de vous voir.

J'eusse souhaité m'endormir. Maintenant que j'étais près d'elle, c'eût été l'idéal. Puis de m'éveiller pour voir son frère. Puisque j'allais le voir. Je ne le savais pas. Je ne savais rien. Je le lui dis. Je ne sais rien. Vous m'accompagnez, dit-elle. Oui, dis-je. Mais jusqu'où. N'ajoutai-je pas. Ah, dit-elle doucement. Aaaah.

Elle se tint le ventre. Je lui aurais bien tenu un peu le ventre, aussi. Ou sa main sur le ventre. Face à moi, mon ex-voisin, l'homme au journal, s'était déplacé côté couloir. M'observait avec curiosité. Je lui lançai un coup d'œil. Eh oui, disait mon coup d'œil. Cette femme va accoucher. Je l'ai rejointe pour ça. C'est mon travail, à moi. Je surveille les femmes sur le point d'accoucher, dans les trains, et, dès la première contraction, hop, je quitte mon siège et j'arrive. Je pose ma main sur leur ventre. C'est mal payé, mais bon.

Ça va aller ? demandai-je.

Oui, me dit-elle. C'est passé. Mais ça se rapproche. Je devais accoucher dans une semaine.

Et maintenant ? dis-je.

Maintenant, me dit-elle, ce serait plutôt maintenant. En sortant du train. Je veux aller à l'hôpital, dit-elle. Tout de suite.

Elle retenait un pleur. Son visage se fripait. Sa bouche. Je parlerai de sa bouche. Puis tout se durcit. Quelque part sur elle, sans réfléchir, je posai ma main. Elle rencontra la sienne. Je l'y laissai. Flore s'avachit.

J'ai besoin d'aide, me dit-elle.

Oui, dis-je.

Elle avait surtout besoin de quelqu'un. Et je n'étais que moi. En outre, ma main sur la sienne n'agissait plus. Le contact établi, nos chaleurs se confondaient. Le contact, on le sait, tient dans la différence de température. Je retirai ma main, de façon qu'elle fraîchît. Puis la reposai. La sienne avait froidi davantage. Je la lui réchauffai. Ainsi, nos deux mains posées sur son ventre, l'une sur l'autre, dans le léger brinqueballement du train, nous maintenions une sorte de cap. Je ne lui reparlai pas de l'enfant. Il était trop proche. Nos craintes s'épousaient dans le silence. La campagne, maintenant, se faisait montueuse. Des collines en masquaient d'autres, se fondaient tout au bout de la vue dans une pâleur. Le ciel était blanc.

De loin en loin, je demandais à Flore des nouvelles. Ça va, me disait-elle. Je retirais ma main. J'attendais qu'elle me la réclamât. Elle ne me la réclamait pas. Se levait, cheminait en se tenant aux sièges, vers les toilettes. Je lui demandais de nouveau si ça allait. Oui, disait-elle. Bon, disais-je. Je n'ajoutais rien, n'osais pas. Ne savais pas. Le paysage ne défilait pour personne. J'attendais la prochaine contraction. Qu'elle souffre, me disais-je. Je ne demande pas grand-chose. Une crispation. Un rictus. J'attendis.

Lentement, c'est-à-dire vite, beaucoup plus vite que ne le laissait supposer cette lenteur, une apparence, en fait, le temps passa. Puis c'est elle qui prit ma main. Nous arrivions en gare de V... Je la serrai. Non, dit-elle. Prenez plutôt mes bagages. Elle, se prit le ventre. A deux mains. Ça va aller ? dis-je. Vous pouvez vous lever ?

Quand même, dit-elle. N'exagérons rien. Ça passe. Quand ça passe, ça passe. C'est passé.

Je la suivis dans le couloir. J'avais des bandoulières plein l'épaule, des poignées plein les mains. Au passage, je heurtais les sièges. Elle descendit seule, en se tenant à la barre. Je la rejoignis, nous suivîmes des flèches. Des gens en guettèrent d'autres. Le voilà, dit-elle.

Un homme venait vers nous. Je ne pris pas le temps de le voir. Je dépassai Flore, me portai au-devant de lui, lui parlai de cette femme que je précédais. Sa sœur, oui. Dépêchons-nous, ajoutai-je. Oui, me dit-il. Bien sûr. Enchanté, précisa-t-il. Je m'appelle Jean.

Jean, donc, en nous guidant vivement vers la sortie de la gare, s'efforçait tout à la fois de me serrer la main et de me prendre un sac, voire deux sacs, dont je me délivrai finalement tandis que se joignaient nos seuls auriculaires, dont nos respectives préhensions nous laissaient l'usage, modeste, du reste, et limité aux premières phalanges. C'était un homme grand, et fort, plus que moi, comme l'attestaient la demi-tête, le quart d'épaule et le bon tiers de ventre dont, dans les trois dimensions connues, il m'excédait avec une sorte d'aisance, où ne se décelait d'ailleurs nulle fatuité. Loquace, de surcroît, et dans un registre si varié qu'avant que nous eussions atteint son véhicule je connaissais déjà, assez exhaustivement, l'histoire de sa famille, la situation dans la Corne de l'Afrique et la courbe, en rapport avec les saisons, m'expliqua-t-il, de sa consommation d'essence. Il consommait moins l'hiver. En Afrique, ça chauffait. Sa famille avait une longue histoire.

Nous démarrâmes doucement, puis roulâmes vite, en ménageant toutefois Flore et les freins à l'approche des feux. Nous parlâmes peu, à l'exception de Jean. Je n'avais personnellement rien à dire, en tout cas sur ma situation, qui me semblait trop instable pour que j'eusse pu seulement me la représenter. Je ne savais pas exactement ce que je faisais là, et j'hésitais à relancer Jean, qui n'en avait nul besoin. Quant à Flore, déjà, en l'absence de son frère, je l'avais si peu sollicitée qu'il me semblait que nous eussions dû songer à faire connaissance avant qu'il ne fût trop tard. A savoir, avant la naissance. La perspective, dans nos rapports, d'une multiplication des intermédiaires commençait de m'inquiéter. Et je me rendais compte qu'il était trop tard pour que nous fussions jamais seuls ensemble. J'avais cru rencontrer une femme et, désormais, chaque fois que j'ouvrirais la bouche, c'est avec sa famille que je risquerais de me lier.

Flore ne se plaignit qu'une fois, lors de la troisième contraction. Elle regarda sa montre. Installée à l'avant, comme l'imposaient l'usage mais aussi la nécessité, elle disparaissait dans son siège. Jean continuait de parfaire ma culture de ses goûts, de ses tracas, de ses phobies. Il avait d'abord celle du vide. Dans la conversation, surtout.

Il fit peu allusion à Flore. J'en conclus que sous son extraversion gisait, assez exsangue, au demeurant, une pudeur qu'il était le dernier à ménager.

L'hôpital n'était pas si distant de la gare que ne le laissaient supposer mes craintes. Nous y fûmes vite. Nous descendîmes de voiture dans le désordre. Jean, puis Flore. Je fermai la marche. Devant le porche, Flore hésita. Tu es déjà venue, quand même, remarqua Jean. Je ne me souviens plus, geignit Flore. Nous lûmes des panneaux. Zone jaune, disait l'un. Urgences Maternité, spécifiait l'autre. Le plus large. Au vrai, on ne voyait que lui. Attendez-moi à l'accueil, proposai-je. On ne sait jamais, avec les hôpitaux. Flore s'assiéra, signifiai-je à Jean. Il est inutile qu'elle suive les flèches pour rien. Je vais voir. Je reviens.

Je préférais prendre en main les choses. Je ne pouvais rien dire, mais je pouvais faire. Me signaler par ma conduite. J'y tenais, même. J'étais content de me rendre utile. J'en avais besoin.

En fait de flèches, je n'en suivis qu'une. Enorme, comme le panneau. Dans le couloir où je m'engageai, il n'y avait rien d'autre à lire de substantiel. Admissions, Frais de séjour, précisaient sans doute d'étroites étiquettes, au-dessus d'hygiaphones qui tamisaient des guichets vides, mais, à côté de ma grande flèche à moi, elles sentaient vraiment la petite littérature d'appoint. Je n'eus d'yeux que pour ma flèche.

Elle me conduisit à une autre. Plus modeste par la taille, et de sens ascendant. Je levai les yeux. Face à moi se dressait une porte. Haute. Fermée. Mieux, précisait un écriteau, dont l'importance cette fois me parut majeure. Condamné, disait-il. Faire le tour, SVP.

Je m'apprêtai à faire le tour. Sur ma droite, une autre porte. Ouverte, certes, mais qui donnait sur des cabines téléphoniques. Sur ma gauche, une autre encore, ouverte également, sur un escalier qui s'enfonçait dans le sous-sol. Je m'y engageai, non sans prudence. Le revêtement de sol, pelé, était arraché par places. Les murs n'étaient plus peints. Ils comportaient un peu de lecture, aussi, sans encadrement, qu'avait livrée aux regards, il y a longtemps, à une date imprécise, une main vindicative et pressée. Anne-Marie Lafertigue est une salope, apprenait-on ainsi, à la faveur de la descente. Elle ne l'emportera pas au paradis, était-il spécifié un peu plus loin, plus bas, comme l'escalier semblait déboucher sur une cave.

Je tournai en bas à droite, car, me disais-je, s'il s'agit de faire le tour, comme j'ai pris cette porte sur ma gauche, il me faut bien maintenant m'orienter à droite. Je laissai derrière moi de grandes poubelles emplies de déchets septiques. Une pièce s'ouvrit, fort vaste, évoquant plutôt un parking, mais sans son revêtement bitumé, où s'alignaient des appareils de monitoring. Ambiance froide, d'insidieux pourrissement. Je tournai encore à droite, découvris ce qui m'apparut comme un vestiaire où se dévêtait une femme. Elle retirait sa blouse. Ne me voyait pas. Elle avait du mal à retirer sa blouse. Puis elle fléchit. Sur ses jambes. S'écroula.

Hé ! criai-je.

Je dus me pencher. Elle ne semblait plus

consciente. Je lui pris le poignet, le secouai, il retomba. Je lui soulevai une paupière, même chose. Je la secouai alors tout entière et, bien que j'eusse peu de chances d'être entendu, lui demandai d'une voix ferme où se trouvaient les urgences. Maternité, précisai-je.

Elle s'en fichait complètement. Un air d'indifférence totale, mais qui me parut vaguement moqueur. Pour autant, je ne pris pas la peine de la gifler. Je retournai vers l'escalier, le gravis, sortis de la cave, m'engageai dans un autre escalier, le premier qui se présentât, le gravis de même en direction d'étages où j'espérais trouver du monde. Personne. C'était propre, toutefois. Bon, me dis-je. Puis je vis quelqu'un. Un homme. Je cherche les urgences, dis-je. Maternité. Ah, me répondit-il. C'est pour quoi ?

Je ne voulais tuer personne. J'expliquai, calmement, qu'il s'agissait de ma femme. Quand il m'eut indiqué le chemin, un autre, heureusement, j'informai mon informateur qu'au sous-sol gisait une femme. Une collègue à vous, je suppose. En train d'ôter sa blouse.

Attendez, me dit l'homme. Qu'est-ce que vous dites ?

Rien, dis-je. Qu'une femme s'est évanouie au sous-sol.

Et je le plantai là. A force, oui, j'aboutis aux urgences. Maternité. La porte était fermée, équipée d'une sonnette et d'un écriteau. Pressez celle-là, disait celui-ci. Je sonnai. J'attendis. On vint m'ouvrir. C'est pour quoi ? me demanda-t-on.

Je répétai. Je commençais à m'habituer, dans cet environnement où les chemins se suivaient à grand-peine, où les portes ne s'ouvraient guère, à parler de ma femme. En vérité, je m'y faisais très bien. Autour de moi, aussi, apparemment, on s'habituait. C'était la seule chose qu'on ne me disputât pas. Mais, me dit-on, quand on vient pour accoucher, en principe, on ne passe pas par les urgences. On passe par la maternité.

Je ne pris pas le temps de demander, à la personne qui m'ouvrait, à quoi alors servaient les urgences. Maternité. Je lui demandai juste où se trouvait la maternité. A côté des urgences, me dit-elle. Maternité ? m'enquis-je. Evidemment, me dit-elle. Je gagnai donc les urgences, maternité, trouvait difficilement la maternité, juste à côté, il est vrai, mais que ne signalait aucun panneau. Je dus pousser la porte pour le savoir. A l'accueil de ce que je supposai être la maternité, il n'y avait personne. Seul un écriteau signalait la bonne volonté de l'absente. Bonjour, y lisait-on en grosses lettres.

J'aperçus enfin une femme, une de ces femmes qui ne se rendent pas dans les maternités pour se distraire. Je tiens le bon bout, me dis-je.

Je retournai en courant à l'accueil général. Flore et son frère n'y étaient plus. Je tournai un peu en rond, le plus vite possible, puis retournai à la maternité. J'en poussai la porte et débouchai rapidement dans une partie du bâtiment équipée de sièges. Flore s'y trouvait, assise avec son frère. Ah, vous voilà, me dit son frère. Finalement, on s'est débrouillés tout seuls.

J'acceptai de bon cœur la critique. S'ils s'étaient débrouillés seuls, c'est bien qu'ils ne l'étaient pas. J'étais bien avec eux. J'eusse préféré être avec elle, mais je n'avais pas le choix. Une femme en blouse vint vers nous, demanda à Flore ses papiers, nous laissa. Nous patientâmes. J'expliquai à Jean, mais surtout à Flore, comment je m'étais perdu en cherchant les urgences. Je ne parlai pas de la femme évanouie au sous-sol. Je ne tenais pas à inquiéter.

Tous deux m'écoutèrent avec attention. Jean me considérait d'un œil songeur, légèrement en deçà du reproche. Il semblait rechercher, tout au fond de soi, de quoi me témoigner un peu de bienveillance. Rien de tel chez Flore, chez qui l'attention n'était qu'une posture. Elle avait d'autres soucis.

Dans le quart d'heure qui suivit, une sage-femme, qui se présenta comme telle, emmena Flore pour l'examiner. Elle m'inspira confiance. En temps normal, elle m'eût même séduit. Mais le temps n'était plus normal. J'attendais qu'une femme fît un enfant. J'attendais que cette femme, surtout, revînt d'avoir fait l'enfant. Qu'elle se scindât, en somme. Qu'on y vît plus clair.

On ne m'avait pas encore identifié comme étant le père. Nul ne s'en était soucié. Jean, tout aussi bien, en l'état actuel des choses, pouvait y prétendre aux yeux de l'institution. La crainte qu'il ne fût pas le frère de Flore, mais le père de l'enfant, me traversa vite. Jean me signalait en effet qu'il ne restait là que pour attendre Flore au cas où on la renverrait chez elle. C'est-à-dire chez lui. Comment ça ? dis-je. Il m'expliqua qu'elle n'était peut-être pas sur le point d'accoucher. Que, dans ce domaine, les fausses alertes sont fréquentes. J'aurais pu le savoir. Je n'avais pas assez lu dans ce sens, j'avais fréquenté trop peu de gens. Aucune mère dans mon entourage. Aucune famille. Je fuyais les familles. Faux. Je n'en connaissais pas. Quant à la mienne, celle qui incluait mon père, ma mère et ma sœur, je ne l'avais même pas fondée.

Du temps fila. Anormalement, Jean se taisait. Je compris que ça cachait quelque chose. Un souci. Un secret. J'eus envie de le secouer, comme cette femme qui allait mal, au sous-sol, pour lui demander ce qui n'allait pas. J'avais besoin de confort, de tranquillité, de ménagements. Il n'en fut rien, Jean prit la parole. Elle vous a finalement convaincu de venir, me dit-il.

Pardon ? dis-je.

J'avais très bien compris. Ou j'acquiesçais, et je reconnaissais, avec ma paternité, ma lenteur à l'assumer. Ou j'infirmais, prétendais que je n'y étais pour rien, et je n'y étais pour rien. Vous êtes venu, finalement, répéta Jean, et je vous en remercie. Je ne répondis pas. Je pensais à l'autre, celui que Flore finalement n'avait pas convaincu de venir, et qu'elle avait laissé à Paris. Qui l'avait laissée repartir. Elle m'avait rencontré juste à temps, avant ce train qu'elle eût dû prendre avec un autre. Tant mieux, me dis-je. Je n'ai pas besoin d'espace. Mon grand appartement n'est pas pour moi. J'ai besoin d'une place, d'une petite place sur cette terre, juste de quoi tendre les bras. Vers cette femme.

La sage-femme revenait, mais ça n'a pas de rapport.

Vous pouvez venir, me dit-elle. Le travail a commencé.

Je savais ce qu'était, dans sa bouche, le travail. En revanche, je ne comprenais pas pour quel motif elle s'adressait à moi. Flore avait dû m'évoquer, me décrire, car on ne me demandait pas qui j'étais. On me l'eût demandé que j'eusse volontiers décliné mon identité : Gavarine, Luc. Mais non. Je tenais juste dans une description, celle qu'avait faite Flore à la sage-femme. Un portrait. Qu'eussent suffi à brosser trois petites lignes, sans doute. J'en interrogeai le contenu. Dans ce qu'avait dit Flore de moi tenait peut-être ce qu'elle en pensait. Le monsieur qui porte une veste, oui, avec cette chaleur, imaginai-je, taille moyenne, yeux bruns. Porte aussi une serviette. Non, elle n'aurait pas dit ça. Un cartable. Plus petit que l'autre. Je parle de mon frère.

En attendant, Flore souhaitait que je fusse présent auprès d'elle. Il y a des gens qui ont de l'ambition professionnelle, je n'en avais pas. Je n'avais qu'une ambition dans la vie, un peu d'amour. Flore m'offrait plus : sa main. Sa main à tenir, dans l'attente de l'enfant, dans ce fouillis de sensations trop fortes, imaginai-je, contradictoires, qui commençaient de l'investir. De l'écarteler, songeai-je. Je viens, dis-je.

A la sage-femme, cela parut naturel. Je ne faisais pas seulement partie de la famille, maintenant, j'avais aussi ma place à l'hôpital. Celle du père. A moins que la sage-femme ne fût pas dupe. En mettant les choses au pis, disons qu'on me confiait le rôle de l'homme. C'était énorme. Je récupérai mon souffle. Je l'avais perdu, comme à la piscine.

Comme c'était loin.

On me fit entrer dans une petite salle. Sur un lit à roulettes, Flore était allongée, reliée à un appareil de monitoring. La poche des eaux s'est fissurée, me dit-elle quand elle me vit, je ne dois pas me lever. Je m'en doute, dis-je. Je vous laisse, dit la sage-femme.

Je m'approchai de Flore. Je cherchai un geste. En fin de compte, je lui demandai comment ça se passait. Bien, me dit-elle. Vous voulez que je reste, dis-je. Oui, me dit-elle. Elle avait les yeux clairs, bleu clair, je crois. Je ne retiens jamais la couleur des yeux, je ne me souviens que des regards. Mais elle ne me regardait pas. Ne regardait rien. Je lui touchai la main. Merci, dit-elle. Aïe, songeai-je. Je ne veux pas que vous me remerciez, dis-je. Je ne vous rends pas service. Je vous aide. Pardon ? dit-elle. Ça résonne, ici. Je vous aime, dis-je.

Elle prit ma main. A sa décharge, je me tenais tout près d'elle. Ne dites pas des choses pareilles, dit-elle. J'ai envie de les dire, dis-je. Vous les pensez ? dit-elle. Oui, dis-je. Elle serra ma main. Vous ne pouvez pas m'aimer déjà, dit-elle, vous m'avez à peine vue. Guère à la piscine, où j'avais mes lunettes, un peu en dehors de la piscine, au café, de trop loin dans le train, puis de profil, et pas du tout dans la voiture. Mais je vous vois, dis-je. Je vous vois maintenant. C'est maintenant que je vous aime, mentis-je. C'est maintenant que je vous vois.

Je suis comment ? me dit-elle.

Pas belle, dis-je. Ce n'est pas le mot. Pareille à mon cœur. Comme je vous voyais avant de vous connaître. Vous êtes pâle.

C'est la fatigue.

Non, dis-je. Vous êtes toujours pâle. J'aime votre pâleur. Et vous avez des yeux.

Oui ? me demanda Flore.

Elle semblait intéressée, lasse, aussi. Intéressée et lasse.

J'aime vos yeux, dis-je.

Et ma conversation ? dit-elle.

Formidable, dis-je. J'aime vous entendre parler.

Vous parlez de ma voix.

Oui, dis-je, je parle de votre voix.

Moi, je parle de ma conversation.

Je ne m'intéresse pas beaucoup aux conversations, expliquai-je. Je m'intéresse davantage aux voix. Mais j'aime aussi votre conversation. Vous ne parlez pas beaucoup.

Vous non plus.

Non, dis-je.

Mais nous devons parler, me dit-elle. Vous devez me parler. J'ai peur.

Elle serra ma main.

Ce n'est pas parce que ça ne se voit pas, dit-elle. J'ai vraiment peur.

Elle semblait épuisée.

Il n'y a pas de raisons d'avoir peur, dis-je.

Si, dit-elle. Au contraire.

Je suis là, dis-je.

Redites-le, dit-elle.

Je suis là, dis-je.

Je crois que je vais dormir un peu, dit-elle.

Elle ferma les yeux. C'est ça, murmurai-je. Repose-toi, ma petite Flore. Et je lui caressai la tempe. Non, dit-elle. Elle ouvrit les yeux. Ne m'appelez pas comme ça. Ne me caressez pas la tempe. Tenez-moi la main.

Bon, dis-je. D'accord.

Elle ferma les yeux.

Appelez-moi comme tout à l'heure, me dit-elle.

Je l'appelai. Mal.

C'était mieux tout à l'heure, me dit-elle.

Je sais, dis-je. Je me suis déconcentré.

Et merde, dit-elle. Je n'ai pas sommeil. Aaaah, ajouta-t-elle.

Elle se prit le ventre. Ça passa. Puis regarda sa montre. Dix minutes, dit-elle.

La sage-femme entra.

Vous pouvez nous laisser ? me demanda-t-elle. Cinq minutes.

Je les laissai, oui, toutes les deux, avec leurs problèmes de minutes. Dans le couloir, je cherchai un siège. J'avais besoin de repos. J'eus à peine le temps de m'asseoir que la sage-femme vint me chercher.

On va passer en salle de naissance, me dit-elle. Vous pouvez venir.

Je pouvais venir, oui. Je vins. J'entrai de nouveau dans la petite salle. Flore n'était plus là. Suivez-moi, dit la sage-femme.

C'était plus grand. Flore se tenait assise au

bord du même lit, rigoureusement immobile, un homme penché sur son dos. On pose la péridurale, me dit la sage-femme. Je vois ça, dis-je. Puis l'homme quitta le dos de Flore. Je vous laisse, dit-il. Ils sortirent, lui et elle, et nous nous retrouvâmes de nouveau seuls. Flore était tournée face au mur, je ne voyais que son dos nu, ses épaules qui maintenaient par-devant la chemise blanche de l'hôpital, sa culotte. Asseyez-vous quelque part, me dit-elle.

J'avisai un siège, le seul qui meublât la salle.

On doit attendre encore, me dit-elle.

Vous voulez que je vous parle ?

Oui, dit-elle.

Vous vous souvenez de ce que je vous ai dit, tout à l'heure ?

Oui, dit-elle, mais je préférerais ne pas répondre.

Bon, dis-je. Alors, je vais vous raconter une histoire. Une histoire pas drôle.

Ah non, dit-elle, je vous en prie !

Bon, dis-je.

Qu'est-ce que c'est, votre histoire ?

Elle avait tourné la tête.

C'est l'histoire d'un homme qui portait une

serviette, commençai-je. Et vous savez quoi ? Il n'y avait rien, dans sa serviette.

Ce n'est pas une histoire, dit Flore. En plus, j'ai l'impression de la connaître.

Ce n'est peut-être pas une histoire, dis-je, mais c'est ma serviette. Vous voulez savoir la suite ?

Oui, dit-elle.

En fait, dis-je, vous avez raison, ce n'est pas une histoire. C'est un feuilleton. Et je ne connais pas la suite.

Vous vous moquez de moi.

Non, dis-je. J'ai besoin de vous. Et il y a cet enfant qui va venir. Je voudrais que vous le fassiez. Je voudrais que vous soyez heureuse.

Moi aussi, dit Flore. Moi aussi, je voudrais être heureuse.

Puis nous cessâmes d'être seuls. Je notai que nous l'avions été, malgré tout. Que nous avions pu l'être. On pourra l'être encore, me disais-je, si ça se trouve.

Nous fûmes bientôt cinq. A ma gauche, Flore. La tête de Flore. Côté tête de lit. En face, côté pied, l'anesthésiste, la sage-femme, le médecin accoucheur. Un nouveau. Fière allure. L'œil précis, le geste sûr, le verbe aisé. Quoique rare. Apaisant, au fond. Parfait. Et Flore, l'autre aspect de Flore. Côté pied, donc. Cuisses ouvertes. Couvertes par la chemise, heureusement, de mon point de vue. Le domaine des spécialistes, en fait. Flore, sans doute, s'en forgeait quelque idée personnelle, également, mais au jugé, sans savoir. Ne voyait rien. Sentait, seulement. L'enfant en elle, bien sûr, elle, aussi, autour de l'enfant, et elle encore, là-bas, loin, vers le bout du lit, vers les yeux des autres. Le côté exposé, public. Celui que d'ordinaire on cache. Mais les choses ont changé. Les limites. Le corps. La préoccupation du corps. La pensée.

Voilà ce qu'en gros disait son regard. Elle, se taisait. Respirait. C'est ça, dit la sage-femme. C'est très bien comme ça. Calmez-vous. Vous n'êtes qu'à sept centimètres. Finalement, me disais-je, l'accouchement n'est pas qu'une histoire de minutes. C'est aussi une histoire de centimètres. Pas de centimètres par minute, non. Mais un problème de vitesse, oui.

Ne poussez pas, dit la sage-femme. Pas maintenant. Pas encore. Le col doit s'ouvrir davantage. Elle apporta une précision. Je ne sus pas laquelle. Un bruit la brouilla. Un cri. Une femme, à côté, qui criait. Longuement. Je m'éloignai de Flore. Ne voulus pas voir sa réaction. Puis je revins vers la tête du lit. C'était ma place.

Je n'ai pas mal, me dit Flore à mi-voix, ne vous inquiétez pas. Je n'ai même pas peur d'avoir mal. Je ne sens pratiquement rien.

J'étais plus que gêné. Flore ne m'avait jamais vouvoyé devant le personnel.

Mais le personnel s'en fichait. Sur l'écran de l'appareil de monitoring, il suivait des courbes. Sur le ventre de Flore, il apposait des mains.

Entre ses cuisses, également, il avait à faire. Il ne semblait guère disponible. Je ne lui en voulus pas. J'étais content, au cœur du processus, de passer inaperçu. Même, du reste, assez vite, à mes yeux. Je ne me prêtai plus attention. Je suivis, moi, ce que j'avais à suivre : essentiellement le regard de Flore. Il changeait. Non de direction, car c'était toujours du plafond qu'il s'agissait, je craignais même à force qu'elle ne s'éblouît. Non. D'éclat. Je le vis noircir. Puis s'éteindre. Flore pâlit, serra les dents. Attendez, dit la sage-femme. Elle s'était placée sur le côté de Flore, lui tâtait le ventre comme une pâte. Maintenant, dit-elle. Oui. Vous pouvez y aller. Poussez.

Le cou de Flore enfla. Il s'élargit vers sa base, perdant en épaisseur, avec les deux tendons, là, un de chaque côté, en trapèze, sur quoi la peau se tendit comme une tente. Ses mâchoires se serrèrent à se briser. Son visage vira couleur sang. Bon, me dis-je. Ça prend tournure.

Flore était ailleurs, évidemment. Dans cette poussée, oui. Mais c'était une poussée d'avant les mots de la sage-femme, c'était sa poussée à elle, en fait, à elle seule, qui précédait tout, les mots, le protocole, la tactique. J'en étais, je dois le dire, heureux. Dans ma vie, j'avais rarement eu envie de participer. J'entends à ce point. Flore m'en donnait l'occasion. Il existe un mot, un nom, dont à l'accoutumée je ne goûte guère l'emploi, mais qui, ici, va m'aider : supporteur. C'est ce que j'étais. Je découvrais l'encouragement. L'adhésion à une cause. Seul me manquait le slogan. Je ne savais pas quoi dire. Vas-y me semblait trop fort. D'autant que, dans un tel impératif, invisiblement mais sensiblement, se fût insinué sans vergogne, après son voussoiement, un tu dont je ne me sentais pas la force. Quoique. Flore avait bien besoin d'une phrase forte. Et moi aussi. Oui, finis-je par dire. C'est bien. Continue.

J'ignorais si elle souhaitait réellement que j'en vinsse là. Mais j'y étais, je venais de la rejoindre. Elle ne s'en plaignait pas, je crois. Elle s'était emparée de ma main. Je la sentis faible, vraiment. Comme je ne voyais qu'elle, je le dis en passant, sa faiblesse me parut générale. Les femmes sont faibles, généralisai-je donc pensivement, tout en exhortant cette femme-là à la force. Elles ont un mal fou à faire ces enfants dont elles rêvent. Elles ne sont pas faites pour ça. C'est trop bête. Les hommes, eux, pourraient. Mais ils ne peuvent pas. C'est ainsi : mal vu, mal pensé.

Car, songeais-je, qu'on ne me parle plus de péridurale. Je connais, merci. Je vois. Flore ne souffre pas, certes. Ne crie pas, sans doute. Mais elle souffle. Et, pour peiner, elle peine. Elle est effondrée de fatigue. Quelle pitié. Elle ne pousse même plus, c'est dire. Elle qui souhaitait tant pousser. Dont c'était le but. Elle a poussé quoi ? Deux fois. Une misère. Quand il faudrait qu'elle pousse encore. Et encore. Allez, dit la sage-femme. Il faut pousser encore. Je n'y arrive pas, dit Flore. Mais si, dit la sage-femme. Allez, dis-je. Allons, dit la sage-femme.

Flore poussa. Nous ne mesurions plus nos efforts. Le personnel et moi, nous l'aurions tuée. Nous trouvâmes des mots. D'autres. Ils se confondirent parfois. Et cette force, dont j'avais cru Flore privée, Flore la trouva. Je ne sais où. C'était une force irréelle, invraisemblable. J'y crus, pourtant. Comme à un miracle. C'en était un. Flore poussait, je ne voyais plus son visage, pour moi c'était la souffrance, son visage, défait de sa beauté, mais elle n'était pas belle, de toute façon, je l'ai dit, non, c'était de toute beauté, donc, que se défaisait son visage, de toute trace qui pût rappeler la beauté telle qu'elle existe, dans l'esprit des hommes, quand ils imaginent une femme, imaginais-je, du moins, car je ne connais pas les hommes, enfin j'en ai entendu parler, çà et là, bref, ce visage, qui était le contraire de la beauté, c'était la souffrance. Pas la fatigue, pas l'épuisement, non. Ou alors l'épuisement fait souffrance, et qui tout de bon vient tordre le corps, l'essorer tel un linge sec, déjà, comme si, vidé de sa force, le corps avait encore quelque chose à perdre, sa faiblesse même, peut-être, et que de ne plus rien pouvoir devenait quelque chose, quelque chose que la douleur pût encore prendre et faire ployer.

La même scène se répéta. La même alternance. Flore, épuisée, et qui trouvait la force. Nous n'en pouvions plus. J'ai oublié combien de temps passa, ainsi, combien de fois Flore dut s'y reprendre avant qu'aux lèvres de la sage-femme, sèches comme les nôtres, ne vînt cette phrase : on voit la tête.

Je regardai celle de Flore. Elle ne ressemblait à rien, à personne. A un phénomène, peut-être.

Du domaine de la physique, en tout cas. Flore devait avoir la tête de ce phénomène-là, pour peu qu'on pût le figurer. Une manière de portrait-robot, qu'on eût incarné pour la forme. Une femme, n'importe laquelle, qui se fût prêtée à ce genre d'expérience. Dilatation. Distorsion. Saturation. C'est ce que vous êtes, maintenant. Allez, montrez-nous ça.

Ne vous relâchez pas, scandait la sage-femme, allez-y. Elle se répétait, bien sûr. Comme nous tous. Une sorte de routine, mais qui s'emballe. Les mêmes gestes, les mêmes mots, dans un affolement. La sage-femme au demeurant ne semblait pas inquiète. Moi, si. Je me demandais comment ça fait, quand l'enfant ne passe pas. Qu'il reste. Mais non, me rappelai-je plus tard. Les forceps. Existent. Mais je n'y songeais pas. J'imaginai l'enfant, tête sortie, étranglée par le col – j'avais, dans ma tête à moi, un schéma on ne peut plus naïf, mais prégnant –, ce col qui, n'est-ce pas, tout ouvert qu'il soit, se referme sur le petit cou, me disais-je. Naturellement. C'est plus beau. Plus tragiquement beau. Et j'imaginai la femme, surtout, Flore, comblée, scellée dans sa chair. Par la chair de sa chair, bien sûr. Pendant que tu y es. C'est plus atroce. Mais non, me dis-je. N'imagine pas. Ne montre pas ce que tu imagines. Aide-la.

Mais je n'y arrivais plus. La sueur me manquait, comme aux autres. La foi. Je pris Flore aux épaules, quand même. Pour la soutenir. Non. Pour la bloquer. Comme ça, me dis-je, elle ne peut plus reculer. Bloquée aux épaules d'un côté, les pieds dans les étriers de l'autre, elle n'a plus le choix. Moi non plus, du reste. C'est par elle que ça passe. Par elle que ça doit passer. Il faut. Oui, dit la sage-femme. C'est ça. Allez allez allez. On y va, maintenant.

Comment ça, maintenant ? me dis-je. Qu'est-ce qu'elle veut dire ? Qu'est-ce qu'elle croit qu'on fait, depuis tout ce temps ? Trois heures, quelque chose de ce genre. Maintenant, non, je ne lui passerai pas ce mot-là. Jamais. Pas maintenant. Tout ce qu'on veut, mais pas maintenant. Qu'on y aille, oui, je veux bien. Allons-y, d'accord, mais. Eh bien, dit la sage-femme. Oui ? dis-je. Elle ne me regardait pas. Elle regardait Flore. C'est une petite fille, dit-elle.

Je n'avais même pas vu Flore se détendre. Pas vu l'enfant. Flore souriait. Elle était détendue, enfin, vaguement, depuis quinze bonnes secondes. Et souriait, maintenant. Ce genre de sourire. Pas celui que je lui connaissais. Puis je vis l'enfant. Dans les bras de cette femme. Qui le posa sur Flore. Le nombre d'hommes qui ont vu ça, me dis-je. Et moi, maintenant. Qui vois ça. Elle. Cette enfant. Que je n'ai pas faite. Pas du tout. Cette petite fille. Une petite fille. La sienne. Pas le sien. Surprise.

Je cherchai un mot pour Flore. Comme je n'en trouvais pas, j'attendis un regard. Ce genre de regard. De la femme pour l'homme qui. Mais non. Rien. Bien sûr. Flore regardait l'enfant. La voyait mal, en fait. Trouvait la force, encore, de lever la tête. Palpait une main. Tandis que je voyais, moi. Distinctement. A savoir pas grand-chose. Mon rêve d'enfant. Vivant. L'enfant, pas le rêve. Le rêve, lui, mourait. Je n'aurais pas d'enfant. Trop tard. Or on sait ce que c'est, à ce stade, qu'un enfant. Qu'une petite fille, même. Le cri. Les gestes. Le visage. Mon dieu, me dis-je.

Si vous voulez venir, me dit la sage-femme.

Oui, dis-je.

On peut ne plus y croire. Et être prêt. Je l'étais. J'étais là, avec l'enfant, qu'on nettoyait à l'éponge. Flore m'avait laissé venir là, me l'avait demandé, même. N'avait qu'à pas. Mais avait. Conséquence, je suis là. J'y reste. J'avance. Ne recule pas. On me tendit des ciseaux. A moi. Des gros. On ne m'obligeait pas. Me proposait. Je regardai Flore. Elle, m'encourageait. Ah bon, pensai-je. Vraiment. Bien, dis-je. Oui, enchaînai-je. J'approchai les ciseaux. Heu, dis-je. Je regardai la sage-femme. Puis le cordon, entre les deux pinces. Là, me dit-elle. Elle me montrait le milieu. Vous voulez dire là ? dis-je. Oui, me dit-elle. Ce n'est pas un peu loin ? dis-je. Loin de quoi ? me dit-elle. Je veux dire un peu près, dis-je. De l'enfant. Non, me dit-elle, c'est le milieu. Regardez. Oui, je vois, dis-je. Eh bien, me dit-elle, allez-y. Oui, dis-je. Et je pressai les ciseaux. Rien.

Je ne sais pas si je vais y arriver, dis-je. C'est

dur. Oui, me dit la sage-femme, c'est normal. Allez-y franchement. D'un seul coup ? dis-je. D'un seul coup, dit-elle. Oui, dis-je. Tenez, ajoutai-je, faites-le vous-même, ce sera plus simple. Mais non, me dit-elle, vous pouvez le faire, je crois que vous voulez le faire. En effet, dis-je. En effet. Je vais réessayer. Je réessayai. Eh alors, me dit la sage-femme. Vous voyez. Vous l'avez fait. Je vous félicite, dit-elle. Je vous en prie, dis-je. Elle prenait le reliquat de cordon, le nouait. Je me sens bizarre, dis-je. Je lui tendais les ciseaux, depuis dix secondes. Elle les prit. Allez vous asseoir, maintenant, me dit-elle. Nous n'avons plus besoin de vous dans l'immédiat.

Moi non plus. Je n'avais plus besoin de moi. Juste d'un siège. Et des autres. La sage-femme opérait, sur l'enfant, des prélèvements à l'aide de Coton-Tige. Nez, gorge, oreilles. Flore me regardait, maintenant. L'air de dire quelque chose d'important que j'eusse dû comprendre. Je ne comprenais pas. La tendresse encombrait son regard. C'était gênant. On voyait mal l'amour, derrière. Qu'on supposait. Qu'on pouvait supposer.

Du ventre de Flore, la sage-femme décolla l'enfant. Elle hurla. Pas la sage-femme, non. Elle était parfaitement calme. Vous venez, me dit-elle, tenant l'enfant. Ce n'était pas une proposition, cette fois. Je me levai, les accompagnai toutes deux jusqu'à la baignoire. La taille de la baignoire. Vous voyez, me dit la sage-femme, je l'ondoie. De fait, elle l'ondoyait. Avec la paume. Lui tenait la tête. Vous voulez la tenir ? me dit-elle. Au point où j'en suis, dis-je. Comme ça, dit-elle. Elle me montrait. J'ai vu, dis-je. Et je lui tins la tête. Facile, en fait. Suffit de tenir. Ne pas soulever, surtout. Ce n'est pas un poids. Juste une forme, là, dans la main. Pas dure, non. Ferme. On sent l'os, derrière. Un os pas très dur. Pas très mou non plus. Le crâne est là, quand même. On tient une tête. Elle tombe, sinon. C'est comme au bord d'une falaise. On domine tout, y compris sa peur. Dès lors qu'on ne pense pas, ça marche. Et ça marchait. J'avais cessé de penser.

Puis on me l'enleva. Ça me fit drôle. On l'emporta dans son lange. On va la peser, me dit la sage-femme. Vous pouvez rester là. Je peux venir ? Si vous voulez. Non, dis-je.

Je préférais rester, finalement. M'occuper de Flore. Il y avait un peu de monde, encore, dans la salle de naissance. Et de quoi faire. Flore se contractait. Allez, dit le médecin accoucheur. Il n'avait rien dit, depuis tout ce temps. Une dernière fois. Poussez.

Ça se passa mieux. Plus vite. Un quart d'heure. Puis le médecin tira sur le cordon. C'est ce que je supposai. C'était fini. Le travail, tout le travail. Un peu tôt encore pour parler de vacances, mais Flore se détendit. Vraiment. J'eus à m'approcher d'elle, car elle fut seule. Le personnel vaqua. Elle se demandait pourquoi. Je m'étais renseigné. Il faut te recoudre, dis-je. On t'a incisée. On attend quelqu'un.

On l'attendit longtemps. Trop. Les pieds dans les étriers, Flore eut des crampes. On parla d'autre chose. Alors je m'en suis racheté une, dis-je. J'avais perdu la précédente. C'est te dire qui je suis. Spécial. Mais pas tant que ça. J'aimerais qu'on vive ensemble.

C'est un début, dit-elle.

Je vis le problème dans sa phrase. Le *C'*. Je ne lui demandai pas s'il désignait ce que je venais de dire, ou ce que nous venions de faire.

Nous avions fait quelque chose, me semblait-il. Quand même. Un jeune type entra. Entre les cuisses de Flore, il s'installa sans cérémonie pour recoudre. Fil, aiguille. Il maugréait. N'y arrivait pas. Je n'arrivais pas, moi, à y croire. Merde ! finit-il par dire. Un stagiaire, supposai-je. On rêve, me dis-je. Je voulus le secouer. Mais je craignis pour Flore. La sage-femme entra, lui donna des conseils. Où suis-je ? me dis-je. Où sommes-nous ? Qu'est-ce que c'est que ce cirque ? Calme-toi, me dis-je. Tu n'y peux rien. Tu as l'habitude, pourtant, de ne rien pouvoir. Alors renoue. Retrouve ton calme.

Quand on recoud, évidemment, on ne sent rien. Mais Flore était à bout. Au vrai bout de ses forces. Parce que c'était fini, bien sûr. Vraiment fini. Plus rien à faire. Ce n'est que le lendemain, comme si désormais elle en avait eu le loisir, qu'elle commença à avoir mal.

J'étais retourné près de l'enfant. On m'y avait mandé. Trois kilos quatre cent trente, me dit la sage-femme. Quarante-huit centimètres. Ces chiffres ne me disaient rien. Je ne connaissais que des mensurations. Celles qui vont par trois, chez la femme. Et encore, pas par cœur. Je regardai Maude. Florence, qui s'appelait Flore, l'avait appelée Maude. Ce pouvoir, là, d'appeler. Elle l'avait pris, tranquillement. J'étais sidéré.

C'est la sage-femme qui me l'apprit. Je fis semblant de le savoir. Maude, dis-je. Mais je ne m'adressais pas à l'enfant. N'osais pas. Nommer les gens, déjà, j'ai du mal. Alors elle. Maude. Je prononçai son nom, juste pour moi. Je murmurai, en fait.

Puis je la vis vêtue. La sage-femme la vêtit. Flore avait apporté des affaires. Une grenouillère, coupe classique, pour habiller les grenouilles, les grosses grenouilles. Avec festons. Un peu grand, peut-être. Maude flottait. Petite grenouille. On lui fit des revers.

Je lui donnai mon index. Elle le prit. On connaît ça. La petite main qui se referme. Les jointures, aux phalanges. Pas nettes, encore. Rondes. Les petits doigts. La force, quand ça serre. L'étonnement de ça. L'émotion. Je m'adresse aux pères. Qu'ils m'imaginent. J'étais comme eux. Pis. De ne pas l'avoir fait, cet enfant. Et de l'avoir là, quand même. Comme si. Presque exactement comme si. De frôler ça. Ce n'est pas ce qu'ils ont connu. Pas du tout, en fait. Ils m'amusent, les pères. Cette façon qu'ils ont d'y croire. Leur étonnement. Puis très vite. Ma fille. Tandis que moi. Je savais bien.

Pas la sage-femme. Elle ne savait pas. Me considérait comme si. Quoique. Mais qu'importe. Elle m'observait. Or j'étais détendu. Parfaitement. Beaucoup plus à l'aise que si. Cette enfant, c'est simple. Je l'aurais prise. En admettant que Flore ne l'eût pas faite. Ou qu'elle l'eût faite, plutôt, et qu'elle ne fût plus. Ça arrive. Je l'aurais prise. Adoptée. Aucun problème. Tenez, me dit la sage-femme.

Elle me tendait un biberon. Un petit biberon,

du genre pour hamster. Vous allez lui donner, me dit-elle. C'est son premier.

O.K., O.K., songeai-je. Pas de problème. Et de fait. Je pris le biberon. Mon aisance, alors. Attendez, me dit la sage-femme. Vous le tenez mal. Comment ? dis-je. Le bébé, me dit-elle. Ah, dis-je. Non, me dit-elle, excusez-moi. Pardon ? dis-je. Non, me dit-elle, vous la tenez bien, en fait. C'est moi. Mon angoisse. Vous la tenez très bien. Je suis toujours angoissée, avec ces naissances. Je ne m'y fais pas.

Et vous êtes toutes comme ça, dans le métier ? lui demandai-je. Non, me dit-elle. C'est moi. Remarquez, je vous comprends, dis-je. Je serais pareil. Ajoutai-je. En tenant Maude. Naturellement. Des gestes de qui vient au monde, moi aussi. Pour la tenir. Sa forme, au creux de mon bras. Lovée, oui. Sa petite tête en appui. Et dans l'autre main, le biberon. La tenue du biberon. Souple. Son accessibilité. Goulue, avec ça. J'étais impressionné. Personnellement, je grignote.

Bon, ça va aller, maintenant, me dit la sage-femme. Je dois vous la reprendre. Elle doit passer l'Apgar. Je comprends, dis-je. Si elle doit passer l'Apgar. J'avais envie de me montrer sport. Elle était bien, cette sage-femme. Ce regard. Cette bouche. Les mots qu'elle y mettait. Ce travail qu'elle avait fourni. La maman va passer en chambre, me dit-elle. Si vous voulez la rejoindre.

Je voulais bien. Je pouvais me passer de Maude, à présent. Je tiendrais bien une petite heure comme ça. Avec Flore. C'est que je ne l'oubliais pas, Flore. C'est quand même elle qui. Et que je. Un ensemble. Je l'en aimais davantage. J'avais besoin d'elle. D'elle en mère. D'une nouvelle femme, oui. Ça tombait bien. Je n'aurais pas voulu d'autre mère, maintenant. Et, quant à Maude, je préférais qu'elle gardât la sienne. Tout se combinait parfaitement.

Je ne sais pas si Flore s'en doutait. Que je l'aimais davantage. Que je l'aimais moins hier, donc. Que je l'avais oubliée, même, la femme d'hier. La piscine, tout ça. Jusqu'au train. Même enceinte, je l'avais moins aimée. Ça m'avait passé. Si je l'avais rencontrée, maintenant, attendant l'enfant, je ne suis pas certain que je l'aurais pris, ce train. J'étais content, lâchement, de ne pas avoir à le lui dire. Elle aurait pu le prendre mal. Pour peu qu'elle se fût souvenue d'elle.

Mais non. Quand je revins dans la chambre, je compris tout de suite qu'elle s'acceptait. Qu'elle avait, sur la veille, tiré un trait. Qu'elle allait, désormais, maigrir sans problème. S'organiser sur des bases neuves. J'aime mieux ça, dis-je, quand elle me vit. Ça a l'air d'aller. Oui, me dit-elle. Ça va. Mais j'ai peur d'avoir mal. Mais non, dis-je. Si, me dit-elle. Et que ça ne passe pas. Pas vite. Je me sens fragile.

Elle réprima un pleur.

Mais vas-y, dis-je. Pleure donc. Si ça te fait du bien.

Arrête, me dit-elle. Ne me dis pas ce que je dois faire. J'en ai assez, qu'on me dise ce que je dois faire.

Je ne l'avais jamais vue comme ça. En colère. Contre moi, en plus. Je ne voyais pas ce que je pouvais encore souhaiter. Et puis j'avais repéré ses verbes. Arrête. Ne me dis pas. Ce qu'ils contenaient. Ça se dessine, me dis-je.

On nous évacua vers la chambre, par l'ascenseur. Et le bébé ? me dit-elle. Je veux le voir.

Je regardai l'infirmière. Elle s'occupait du lit, de le pousser, de presser des boutons, de bloquer des portes. Jamais loin de nous. Mais c'est à moi que Flore parlait.

Je l'ai vue, dis-je. Tu vas la voir. Elle est plaisante. Vive. Elle a tes yeux.

Mes yeux ?

Oui, dis-je. Ouverts.

Je veux la voir.

Vous avez entendu ? dis-je.

Je m'adressais à l'infirmière.

Ne vous inquiétez pas, dit-elle. Elle va la voir.

Quand ? dit Flore.

Là, tout de suite. Quand vous serez dans la chambre. On vous l'amène.

Ça paraissait clair. Nous ne demandâmes rien d'autre. La chambre était bien. Individuelle. Un peu bruyante, sur le boulevard. Comment ça s'est passé ? me demanda Flore.

Passé quoi ? dis-je.

L'accouchement.

Ah, dis-je.

Tu étais là, dit Flore, tu as bien vu. Pas moi. Rien.

Oui, dis-je, je comprends. Bien. Ça s'est bien passé. Sauf l'incision.

Tu vois. Je m'en doutais.

Non, dis-je, ce n'est pas ce que je voulais dire. La couture, oui. Le type.

Quoi ?

Il n'a pas été correct. Il s'est montré grossier.

Et la couture ?

Je ne sais pas.

Elle est grossière, c'est ça, hein ? La couture est grossière ?

Je ne sais rien.

Je le savais, que j'allais avoir mal.

Mais non, dis-je. Enfin, peut-être. Il vaut peut-être mieux que tu te mettes dans l'idée que tu vas avoir mal. A tout hasard.

J'avais le vertige. Le tutoiement me saoulait. Le manque d'habitude, sans doute. Et cette pratique des hauteurs, soudain. Des sommets, dans l'échange. Mais Flore ne m'écoutait pas. Elle préférait ses craintes. Je me demandais même si elle s'en rendait compte, un peu, de ma personne. De celle dont j'usais. La deuxième, oui. Enfin, je trouvais que c'était un bel échange, quand même. Cette façon qu'elle avait de s'en fiche. De me laisser l'approcher. Comme si j'avais été proche, déjà, et que mes mots n'aient rien changé. Peut-être parce que j'étais proche.

Trop. Et que ça n'avait pas d'importance, mes mots. Du moment que j'étais là.

Le chemin qu'elle me faisait faire, Flore. Tout seul, peut-être. L'élan, mettons, qu'elle me faisait prendre. Qu'elle me donnait, au mieux. Rien qu'en se taisant, maintenant.

Parut l'enfant. Dans les bras de la sage-femme. Puis dans ceux de Flore. Plus un bruit, en bas, sur le boulevard. La chambre s'emplit d'elles deux. J'eusse pu me pencher, alors. Sur l'une et l'autre. Attendre un peu, bien sûr. Puis m'adjoindre. Photo. L'homme, en général, enserrant l'épaule de la femme. La femme, du regard, de ses bras, enveloppant l'enfant. Sourires. Niaiseries. J'avais mieux à faire. Attendre. Attendre le temps qu'il fallait pour que Flore se lassât. De la tenir. Evidemment, ça pouvait durer. Mais elle la tenait mal. Maude braillait. Qu'est-ce qu'elle a ? dit Flore.

Je ne sais pas, dis-je. Les bébés pleurent.

Il y a toujours une raison.

Je ne dis pas le contraire.

L'infirmière nous avait laissés. Nous sonnâmes. Parut une puéricultrice. Dans une bibliothèque, on reconnaît les bibliothécaires. C'était une maternité.

Elle pleure, dit Flore.
Elle pleure beaucoup, expliquai-je.
Elle n'arrête pas, précisa Flore.
On s'entendait mal. Nous haussions la voix. Criions, même. Maude, elle, hurlait. Chez elle, rien d'articulé encore. Mais une volonté, déjà. Une présence.
Elle a peut-être faim, dit la puéricultrice.
Nous nous regardâmes, Flore et moi. Nous frappâmes le front. Puis rîmes.
Ça ne me serait pas venu à l'idée, dit-elle.
Je ne renchéris pas. Comme preuve d'idiotie, ça me paraissait suffire. Je me tus, donc. D'autant que parut, cette fois, après l'enfant, puis la puéricultrice, le sein que Flore tenait en réserve. Elle avait choisi le gauche. Je me suis toujours demandé pourquoi. A elle, jamais. Je ne sais toujours pas. Je dis ça, parce que j'aimerais parler un peu de ce sein. Si. Ça me ferait plaisir. Mais qu'on se figure le gauche. Ça peut aider.
Bon. Comment dire. On a déjà vu des seins. Je m'adresse prioritairement aux hommes. Mais je n'exclus pas les femmes. Evidemment. Des seins, donc. On en a vu. Parfois même un sein,

du reste. Mais le second, en général, ne tarde guère. Paraît aussi. A un moment, à un autre. Question de rythme, d'ambiance. Là, non. Et on le sait. On sait que, dans cette situation, ou du moins dans cette séquence, car il y en aura d'autres, on le sait aussi, des séquences, on sait qu'un seul sein fera l'affaire. Toute l'affaire. On a donc ce sein. Point. Ce sein gauche. Que, dans le cas présent, notons-le, on n'a jamais vu. Dans son entier, n'est-ce pas. C'est plus rare. Ce qui est rare, entendons-nous bien, c'est qu'il ne s'agit pas d'un jardin, d'un jardin public. D'une mère sur son banc. Et on passe. Ou on lit le journal. Sur ce même banc. On hausse un cil. Non. On ne lit pas le journal. On a rencontré cette femme dans une piscine, à cause d'un coup de fil. D'un coup de fil d'une autre femme. A la suite d'un silence. D'une autre femme encore, oui. Et, en fin de compte, on en est là. Dans l'intimité de cette femme-là. Brutalement. On a bien assisté à son accouchement, on l'a même assistée, au cours de l'accouchement, on la tutoie, même, maintenant, bref en vingt-quatre heures on a avancé à pas de géant dans l'approche de cette femme mais en tout état de cause on la connaît mal. Son sexe, à la rigueur. Et encore. De trois quarts, au mieux. Dans des conditions que de surcroît on ne peut pas qualifier de bonnes. Sûrement pas. Mais pas son sein, non. Pas ce sein, là, qui paraît. Et qu'il s'agisse du gauche ou du droit, au fond, importe peu. C'est un gros sein. Non. Qui l'est devenu. Petit, peut-être, au départ, mais ça ne veut rien dire. Même l'aréole, en la décrivant, son dessin, sa teinte, accusés, l'un et l'autre, on effleure la question, on ne la traite pas. Sans le téton, ça n'est pas sérieux. En géométrie, on connaît le cylindre. C'est une figure. Imaginons-le, ce cylindre, faute de mieux, en feutrine. Coupons. Un cylindre, en effet, tel qu'on se le représente, en géométrie, est toujours trop long. Ce qui nous intéresse, en fait, c'est un cylindre court. Relativement. Envisageons maintenant sa base. Elargissons-la. Tassons le tout. Pas trop, hein. Doit subsister une raideur. Un effet de ressort, plutôt. Et en même temps. Eh bien ? Eh bien, même ainsi, le résultat est nul. On a oublié le mamelon.

D'autant qu'on n'a jeté qu'un coup d'œil. La question n'est évidemment pas là. Encore que, s'agissant du mamelon, le coup d'œil se prolonge. On a tout de même ce mamelon, donc. Plein. Atypiquement ferme. Mais les choses se précipitent. L'enfant ne trouve pas le téton. On ne comprend pas. Comment, se dit-on, ne trouve-t-elle pas ce téton. Comment est-ce possible. Si moi, pense-t-on brièvement. Car on pèche par ignorance. On ne sait pas, tout de suite, que, ce téton, l'enfant ne le voit pas. Il ouvre les yeux mais ne le voit pas. Quand pour nous, n'est-ce pas, c'est le contraire. On le voit. Mais on ferme les yeux. Pas seulement par pudeur. Par réaction. Pour ne pas voir ça. Ce téton, là. La mère l'approche mal. Elle tient mal l'enfant, en plus. Ne pas croire que c'est facile, du reste. Que c'est inné. Ce n'est pas inné. C'est épuisant. Cette femme n'en peut plus. N'a pas la force de ce mouvement, une combinaison, en fait. Tendre le sein, maintenir l'enfant. Elle maîtrise mal l'ensemble. L'enfant crie. On s'affole. Et, quand on est moi, dans cette situation, on ne reste pas là à ne rien faire. On réagit. On aide.

Attends, dis-je.

Et je me levai.

J'étais assis.

Bon, vous voulez le faire, dit la puéricultrice.

Je l'avais oubliée, celle-là. Elle était là. Prête à conseiller. A intervenir.

Merci, dis-je.

Et je passai derrière Flore. Assis sur le lit, je la maintins de mon bras. Les deux mouvements dont j'ai parlé, je les coordonnai. Les rassemblai. Je resserrai le lien. La petite Maude, et le sein de Flore. Son gros sein. J'en fis un tout.

Vous n'allez pas toujours être là, intervint la puéricultrice. Il y a une technique. Vous permettez ?

La prochaine fois, dit Flore. Ça va aller, là.

C'est comme vous voulez, dit la puéricultrice.

Elle souriait, le prenait bien. Moi aussi. Je ne savais plus quoi penser. Trop d'amour, me dis-je. Le bonheur, là. Qui s'arrête. Tiens, se dit-il. Pas mal, cette scène. Ces gens. Si je me fixais.

Nous restâmes tous trois seuls. S'agissant de survivre, Maude avait son idée. Boire beaucoup. Longtemps. Flore, de nouveau, regardait sa montre. Moi aussi. Dans l'axe de sa montre, la courbe de son sein. Le petit visage de Maude, accroché. Et cette sensation. Cette sensation que. Oui, comme tout à l'heure. A l'instant. Non. Je ne l'aurais pas juré. Que Flore éprouvait. La même chose, oui. Que j'éprouvais. Pas une sensation, non. Une certitude. Oui. Juste une sensation.

Nous passâmes ainsi, avec Maude, quelques heures qui nous rapprochèrent du soir. Tantôt Maude dormait, tantôt elle s'éveillait, pleurant, nous devions la nourrir. Quand elle dormait, nous en parlions. Quand elle tétait, nous lui parlions. Surtout Flore. Il m'était difficile, à moi, devant elle, de parler à l'enfant. Je ne savais pas ce que, pour celle-ci, celle-là estimait que je fusse. Père, évidemment non. Mais je redoutais que ne s'immisçât chez Flore, à la faveur d'un mot, l'idée que pût me convenir quelque faux titre avunculaire. Il m'eût répugné.

Cependant, je m'effaçais d'autant plus volontiers que, parlant à Maude, la nommant, la surnommant, l'adjectivant, mais encore la touchant, l'embrassant, exerçant sur elle diverses pressions, conjuguant diverses actions sur plusieurs modes et, de mon point de vue, donc, plusieurs verbes, actifs, passifs, réfléchis, voire irréfléchis, parfois, ou encore pensifs, Flore ne négligeait pas tout à fait ma présence. Un regard, de temps à autre, m'était lancé qui cherchait dans le mien quelque acquiescement ou surenchère, une phrase m'était soumise dont l'accent quêtait la redite. Je surenchérissais, donc, je répétais, j'innovais, même, épinglant chez l'enfant telle caractéristique secondaire, telle infime mais rémanente conduite que Flore, débordée par l'attention, circonvenue par l'amour, n'avait pas eu le loisir de saisir. Puis elle retournait à l'enfant, n'ayant longtemps d'yeux que pour elle, empêchée du reste qu'elle était le plus souvent de la toucher dans le petit lit, à côté du sien, séparé par une vitre, où la puéricultrice réclamait qu'entre les tétées Maude séjournât pour reposer sa mère. La même puéricultrice procédait, maintenant en l'air, d'une main, les deux jambes de l'enfant – encore que jambes, ici, me parût trop fort, ou trop long, pour désigner ce qui se présentait d'abord, à mes yeux, de façon confuse, comme des cuisses, des pieds, des mollets vaguement reliés entre eux par des articulations que masquait pour partie ce qu'elles étaient censées joindre, le tout se confondant en une vision rose et bourrelée, replète –, la même puéricultrice, donc, procédait à la toilette de Maude, puis au remplacement de sa couche, toutes opérations dont la finesse réclamait que Flore y fût d'abord initiée par l'exemple, et dont la conduite à bien, par ses soins, devait attendre qu'elle eût repris des forces. De fait, Flore, fatiguée, s'assoupit souvent au fil de ces heures où je me retrouvai seul avec Maude, la contournant dans son petit lit, n'osant quand elle aussi dormait la prendre, la prenant lorsqu'elle s'éveillait pour la confier à Flore, contractant au gré de cette cohabitation le commencement d'une habitude. J'avais pensé, rencontrant Flore, cette femme qu'amplement un enfant profilait, déjà, où l'enfant et plus hypothétiquement ma relation avec sa mère se profilaient eux-mêmes, qu'en admettant que ces virtualités éparses, a priori, vissent ensemble le jour, j'éprouverais un choc. Et je l'avais éprouvé, certes. Emu, à la naissance, je l'avais été, et je l'étais encore. Mais différemment. Je me sentais, dans cette chambre où le plus souvent dormaient ces deux êtres si proches, mais également si récents, dans ma vie, chez moi. J'étais, quel qu'eût été mon titre, chez moi, dans cette chambre, mais aussi dans cette peau, pas si nouvelle, au fond, que je me mêlais d'endosser. Pas si nouvelle, dis-je, car, d'avoir près de moi cette enfant et cette femme, c'est d'abord me souvenir qu'il me semblait. Et je poursuivais, donc. Je prolongeais ma vie avec elles. Je les eusse connues toutes deux des années plus tôt que, nonobstant l'âge de Maude, qui eût en conséquence varié, avec nos mots et nos gestes, rien, m'apparaissait-il, n'eût été différent. Cet enfant, j'en étais, pour faire court, et quoi qu'en pensât sa mère, le père depuis longtemps, et depuis longtemps sa mère était ma femme. Je les attendais, elles étaient là, rien n'était plus normal. J'avais oublié le reste. J'étais chez moi.

A ceci près que je n'avais pas d'idée où dormir. La chambre était conçue sans lit pour m'accueillir. Nous n'avions pas, avec Flore, abordé ce problème de mon coucher qui, face aux soins que réclamait Maude, n'avait guère pu prendre forme. Il ne faisait maintenant qu'effleurer ma conscience. Le fait, sans doute, que dans cette pièce le plus souvent à part moi l'on dormait favorisait un tel phénomène, que renforçait d'ailleurs ma sensation d'une vague fatigue. Mais, surtout, la répétition des gestes, des attitudes, des mots, de la même pensée tout au long du jour avait induit chez moi une façon de satiété qui me laissait disponible, à présent, pour envisager concrètement la suite. Un tel souci, au demeurant, ne m'envahissait pas. Mais enfin, il naissait. Et je n'osais en faire part à Flore. Je ne souhaitais pas l'encombrer avec des détails. Quoique. Etait-ce bien un détail. Il me sembla même, bientôt, que le silence de Flore à ce sujet n'en était pas un. Excluant que l'intérêt qu'elle était susceptible de m'accorder pût se révéler nul, j'en concluais que, pour elle, il n'y avait pas de problème. Je dormirais quelque part. Le lendemain, je reviendrais. Autrement dit, je ne reprendrais pas le train ce soir. Bref, je restais. Comment, où, je continuais de l'ignorer. Elle-même ne semblait pas s'en soucier. Et, faute de la solliciter, me dis-je, c'est ici, pour plusieurs raisons, que devrait intervenir son frère.

Dans un premier temps, en effet, il convenait qu'il réapparût. Pour plusieurs raisons, toujours. La première était simple, sans doute, peu chargée de sens, mais suffisamment pour qu'elle méritât d'être évoquée : Jean, avant l'accouchement, s'était éclipsé, me cédant la place. En tant que frère, il était temps maintenant qu'il revînt. Avec un père, au besoin, une femme, des enfants, une mère, la sienne, d'autres frères ou sœurs, des amis. Un bouquet de fleurs. Tiens, me dis-je, j'eusse dû y songer moi-même. Je plaisante. Je n'en ai pas eu le temps. Et j'ai fait bien au-delà. Bien au-delà de tous les bouquets de fleurs qu'on offre à une mère. Bien au-delà, du reste, de tous les bouquets de fleurs. Dans ce domaine, j'ai donné, merci.

Jean, donc. Le frère. Me disais-je. Eût dû revenir. A un moment quelconque, mal déterminé, estimé toutefois sur la base d'une durée moyenne. Celle d'un accouchement, bien sûr. Mais c'était vague. Et j'imaginais mal Jean décomptant un tel temps, seul, à distance de l'hôpital. L'estimant, au jugé, puis décidant que ça y est. A cette heure, l'enfant est né. A dû naître. Ou téléphonant pour le vérifier. Ah non ? Pas encore ? Je rappellerai.

Quelque chose clochait. Ce lien fraternel, peut-être. Sa place d'exception. Qu'importe. La seconde raison pour laquelle Jean devait revenir, c'était moi. Il se devait de continuer, me semblait-il, de m'accueillir. J'étais nouveau, ici. Sans point de chute. Je débarquais chez un frère. J'étais en droit d'attendre la suite.

Elle vint. Vers dix-huit heures. Un peu tôt pour dîner, certes. Mais je n'avais pas déjeuné. Le plateau de Flore, son maigre contenu m'avait dissuadé d'y toucher. D'ailleurs ni l'un ni l'autre n'avions eu faim. Mais enfin. L'heure s'approchait d'une pause. Jean l'incarna. Il entra, détendu, dans la chambre. Renseigné. Ah, dit-il. Le bébé. Voyons ça.

Il s'avança. Me félicita au passage. Pointa son index vers le cou de Maude. Bonjour, Maude, s'insinua-t-il. De l'index, donc. Entre les petits plis de l'enfant, sous son menton double. Je connaissais ce geste, l'avais pratiqué. Moi, c'est Jean, dit-il, agitant quelque chose. A diverses caractéristiques, tenue en main, hernie sommitale, sonore entrechoquement de particules captives, je reconnus un hochet. Je n'en avais jamais vu de si près. Maude non plus. Elle s'en saisit, aussitôt s'en défit comme d'une gêne. Il chuta. Jean embrassa sa sœur. Alors, pas trop mal passé ?

Par chance, les deux femmes s'éveillaient. Disponibles, l'une et l'autre. Flore dit oui, pas trop mal, Maude pleura. Puis Flore. Allons bon, dit-il. J'en voulus un peu à Flore. Jusqu'ici, elle s'était retenue. Mais je compris vite que Jean n'y était pour rien. Ou pour pas grand-chose. Un effet de masse, tout au plus. Son grand corps saturait l'espace. Sa présence s'imposait comme une preuve. Donnait à l'enfant vie. De nouveau.

Ce n'est rien, dit Flore.

Elle avait repris Maude, sans mon aide, cette fois. Je me tenais prêt. Au bout du lit. Assis. Jean, lui, négligeait le seul siège. Passait, eût-on dit. Dieu sait si sa présence, en cet instant précis, ne me paraissait pas indispensable, mais j'eusse préféré qu'il restât. Qu'il évoquât la suite. Si ma vie, alors, n'eût été qu'une histoire, une histoire dans un livre, Jean à coup sûr m'y eût conservé ma place. C'est ce que je me disais. Qu'en tant qu'auteur, il m'eût fait progresser. Bref, j'attendais qu'il précisât mon rôle. J'avais besoin de savoir.

Vous avez l'air crevé, mon vieux, me dit-il.

Moi ? dis-je.

Oui, dit-il. Je vais vous ramener.

Je regardai Flore. Elle acquiesçait, en silence. Oui, me donnait-elle à comprendre. Tu en as assez fait. Tu as bien le droit de rentrer. Je n'en disconvenais pas. Mais je ne savais toujours pas où. Ni si l'on attendait que j'en fisse encore. Et je n'osais toujours pas le demander. Ni à l'un, ni à l'autre. J'avais encore peur. Quel dommage, me disais-je. Quand tu as changé de vie, déjà. Quand tu es déjà ailleurs. Et tu as peur. Sûr de toi, mais craintif, hein. Toi, ça va, ça va bien, même. Comme jamais. Mais les autres. Ce sont les autres qui t'effraient. Ils peuvent tout. Et moins tu les connais, plus ils peuvent. Comme Jean. Tu ne sais rien de lui. Une foule de détails, sans doute. C'est un bavard. Mais lui sait tout. L'essentiel. Autant que Flore. Ils n'ont même pas eu besoin de parler. Ils savent les choses, comme ça. Ils les sentent. Preuve qu'elles existent. Quelque part, la vérité de ma vie existe. Dans leurs têtes.

Merci, oui, dis-je.

Je m'avançai vers Flore. Chancelant. L'évanouissement me semblait une solution possible. Je m'apprêtais à chuter, à perdre conscience. Je me souvenais de cette femme dans la cave. Debout, une seconde de flottement, puis rien. Le noir. Le confort.

In extremis, Flore me rattrapa du regard. J'y vis une lueur.

A demain, dis-je.

J'en avais rarement, dans une telle situation, dit autant à une femme. Mais ça ne suffisait pas. Je me devais de faire un geste. Devant Jean, surtout. Je n'avais pas très envie d'embrasser Flore. Pas comme ça. Je refoulai mon envie, l'autre, celle de l'embrasser, pas comme ça, mais comme ci, en privé, et cédai, la mort dans l'âme, à l'obligation qui m'était faite. Embrasser Flore comme ça, devant Jean. Je me penchai vers elle. L'embrassai comme ça. Un peu plus. Au coin de la bouche. Elle me prit la nuque. M'embrassa. Comme ci. Devant Jean. Je me tins prêt à m'extraire. Je profitais mal. Elle me retint. Me donna sa langue. J'étais penché. Je dus m'asseoir. Sinon, je l'écrasais. Et, avec elle, la petite Maude. Elle était là, toujours. Pas de ça, me dis-je. Prenons nos aises deux secondes. Trois. Quatre. Hum, fit Jean.

Je viens, dis-je.

Attends, dit Flore. La liste. J'ai coché ce qui manquait.

Elle me tendit une feuille. Remise, je suppose,

par la puéricultrice. J'avais manqué cette séquence.

Couches filles (roses), lus-je. Lingettes. Eosine.

Alors, dit Jean.

J'arrive, dis-je.

J'attrapais au vol mes affaires. Je l'aurais suivi au bout du monde.

Je ne lui demandai rien jusqu'à la voiture. Puis rien encore dans la voiture. Puis toujours rien. Ayant, saisi par la conduite de Flore, exclu qu'il me ramenât au train, je craignis qu'il ne me laissât devant quelque hôtel. A la peur, dissipée par Flore, d'être remercié au terme de mon service succédait celle d'un relèguement. J'aurais une place, oui, mais loin, loin de l'hôpital, loin de leurs vies.

Mais nous quittâmes la ville. Les hôtels, ici, n'étaient plus que des panneaux ponctuant le bord de la route, et qui rejetaient au large leurs référents. Pour y accéder, il eût fallu prendre huit cents mètres à gauche ou encore cent à droite, après les feux. Or Jean ne tournait pas. Seule la route s'en chargeait, sinueuse, rubanant des collines. Région boisée, notai-je. Rocheuse. Cependant Jean, une fois de plus, s'écartait de son image. C'était ce soir-là un homme taciturne, songeur, qui semblait se plier à quelque protocole où le silence eût été de règle. Je ne voyais pas, ici, ce qu'il respectait. Nulle douleur, imaginais-je, qui pût à ses yeux me poindre. Nul secret, chez moi, qu'il eût à cœur de ménager en se taisant, de crainte qu'au passage un mot trop acéré, involontairement, ne le déchirât. A moins que lui-même n'en gardât un, comme je l'avais cru à l'hôpital. Ou n'en nourrît une. Avait-il seulement une femme, des enfants. On pouvait en douter. Je me mettais à sa place. Il était venu seul chercher Flore au train, était revenu seul la voir. J'aime ce pays, me dit-il (son regard, au passage, happa le paysage). Pas plus au sud que ça, mais sec, déjà. Le jaune mange le vert. Nous sommes sur un causse, ici.

Enfin. Mon guide se décidait à me guider. Son commentaire m'apaisa. Nous gravîmes une côte, puis plongeâmes. Longeâmes une autoroute. Récente, m'apparut-il. Nous semblâmes lents. Une route s'annonça, adjacente. Au carrefour un vieil homme, debout près d'un abri, attendait un car. Sur la gauche, un panneau signalait un gouffre.

Nous prîmes la route adjacente. Etroite, elle montait, pas longtemps, puis s'amenuisait en passant sous des chênes. Nous trouions, à petite vitesse, un sympathique boisement. Je dis sympathique, car il y faisait clair. La lumière, vive encore, s'y frayait de petites voies. Je n'ai pas parlé du soleil. Il éclairait cette belle fin de journée, qu'il empêchait de froidir. Je me sentais mieux. Aussi bien qu'au sortir des bras de Flore. L'environnement suivait.

Nous aboutîmes dans une zone plus claire encore. Toujours des chênes, quelques charmes, du tilleul, mais moins. La route, en s'achevant, se subdivisait en chemins qui eux-mêmes s'élargirent en aires. Terre battue, mêlée de débris de feuilles. Les arbres, en dépit des coupes, y maintenaient une ombre éparse, douce, qui ne refusait pas la lumière. Le sol, jamais plan, ménageait des pentes, mais aussi des places. Jean se gara. Au-delà se resserraient les arbres. J'avais eu le temps de voir, en arrivant, barrés par les troncs, dans cette façon de semiclairière, trois ou quatre petits bâtiments sans étage, en pierre, coiffés de tuiles. Ainsi qu'un autre, tout en bois, établi sur une levée de terre, que desservait une volée de marches. La façade était couverte d'affiches évoquant des vins, des caves. Kanterbrau, lus-je sur le fronton. Bar du Gouffre.

Jean m'y poussa. Installez-vous là, me dit-il. Il me laissa sur la terrasse, sur une chaise rouge, sous un parasol jaune. Coca-Cola, disait sa frange. Je jetai, incrédule, un coup d'œil alentour, mais alentour s'étendait bien un bois. Loin. Seul un autre véhicule meublait la clairière. Et il y avait ce café, donc. Au milieu d'un bois. Un vieux café en bois. A proximité d'un gouffre. La lumière dansait sur tout ça. Je ne sais pas où je suis, me dis-je. Mais je m'y sens bien.

De la terrasse, je voyais Jean s'affairer derrière le bar. Il était en rondins. Dans une salle jaune, avec des chaises vertes. J'ignorais en quoi consistait l'équipement du lieu, mais je doutais qu'y fût en fonction un percolateur. Jean revint vers la terrasse, portant un plateau où deux verres débordaient un peu de ce que mon hôte, visiblement, avait prélevé sur le contenu de deux bouteilles, également présentes, qui semblaient les veiller, ces verres, prêtes à en refaire le niveau. C'était du vin, que sucrait un fond de liqueur. Trinquons, dit Jean, quand il m'eut tendu un verre, qu'il eut tiré à lui une chaise. Son regard embrassa la clairière. Voilà, dit-il. C'est chez moi.

J'eusse préféré qu'il ajoutât que j'y étais, moi, chez lui, de façon à me persuader qu'en effet je m'y trouvais. Voire que j'y étais comme chez moi. J'eusse apprécié un tel trait de sa part. Pour autant, je ne puis pas dire qu'il m'accueillait mal. Nous bûmes et, buvant, j'appris que le terrain lui venait d'un aïeul. Qui en exploitait le bois. Jusqu'au jour où. Jean pointa l'index vers un arbre, qu'ornait un écriteau. Entrée du gouffre, lus-je. Il s'agissait d'une flèche, en fait. Orientée sur notre gauche. J'étais content, ce soir-là, qu'on me montrât des flèches. A l'hôpital, j'en avais trouvé seul, et je m'étais perdu. Jusqu'au jour où, reprit Jean. On a trouvé ça. Des gens y sont descendus avec des cordes. Je suis propriétaire du sous-sol, m'expliqua-t-il. C'est la loi. Donc, j'exploite. Le sous-sol, répéta-t-il.

Ce mot, qu'il appréciait, avait le don de lui tendre la bouche. Jean souriait, semblait parler d'un gisement. Oh, précisa-t-il, c'est beaucoup de travail, de présence. Ça ne rapporte guère.

Enfin, suffisamment. De toute façon, le bois se vendrait moins. Eh bien, dit-il.

Nouveau sourire. Etirement des bras, cette fois. Son Eh bien n'était pas seulement vague. Il me parut vaste. M'englobant. Avec le sous-sol, sans doute. J'étais une nouvelle richesse. Mais je ne craignais point qu'on m'exploitât. Jean me resservit un verre. Distraitement, j'avais vidé le mien.

Oui, dis-je. Ce n'était pas qu'un acquiescement. Un commentaire, aussi. Je ne tiens pas l'alcool. L'ivresse me tirait vers l'ellipse. On va manger un morceau, dit Jean.

Nous dînâmes sur la terrasse. La cuisine, sommaire, émanait de conserves, de pommes de terre germées. Le vin ne manquait pas. Vous allez rester là ? me demanda Jean.

Je sursautai. J'étais ailleurs. Comment ça ? me dis-je. Que se passe-t-il ? Qu'est-ce qu'il raconte ?

Puis je compris. A sa tête. Jean me demandait, simplement, si je comptais rester là. C'était une question. Neutre. Un rien descendante, peut-être. Chutant, de façon presque insensible, vers une affirmation qui, elle, faisait un tout petit peu question. Ce que me demandait Jean, au fond, c'est s'il pouvait l'affirmer. Que je resterais là. Pour savoir. Juste pour savoir. Avec cette nuance, donc, qu'il était loin d'être contre. Mais qu'il ne m'y poussait pas. A rester. Que j'étais libre, donc. Libre, mais le bienvenu. Je pouvais aussi bien loger ailleurs. Avec Flore et l'enfant. Décider. C'était beaucoup. En matière de choix, je m'étais rarement trouvé à la tête d'un tel capital.

Je ne sais pas, dis-je finalement. Je vais prendre le temps de réfléchir.

Dans mon ivresse, à peine plus tard, je crus voir une jeune femme. Une jeune fille, presque. Elle apparut sur le seuil du bar. Bonjour, me lança-t-elle. Bon, j'y vais, glissa-t-elle à Jean. En définitive, elle était jolie, vivante, existait. C'était une vraie jeune fille. C'est la serveuse, me dit Jean. Elle rangeait dans l'arrière-salle. Elle rentre chez elle.

Elle se dirigea vers le second véhicule garé dans la clairière. Démarra. S'éloigna. Nous fûmes seuls, différemment. Davantage. Son départ nous confronta.

Toutefois, nous n'échangeâmes plus que des mots. Nous ne trouvions plus la force de phrases. Ou alors, courtes. C'est calme, disais-je. Jean recourait aux adverbes, manière d'étoffer. Oui, disait-il. Remarquablement. Des oiseaux se firent loquaces. Nous ne les coupâmes pas. Entre deux trilles, Jean glissait un nom. Sittelle. Bruant. La clairière rougeoya. Je vais vous montrer votre chambre, dit-il.

C'était une conclusion longue. Nous progressâmes jusqu'au bar. Il y avait deux arrière-salles. Une derrière le bar : cuisine, buanderie. Une vers le fond de la salle : les chambres, trois. Des cloisons les marquaient. Dans l'agglo se découpaient des portes. Jean en ouvrit une : le bâtiment abritant le café, conçu sur un seul niveau, était assez grand pour que cette pièce le fût aussi. Elle prenait jour sur une butte. Le bois ici s'élevait, dominant la clairière. Le lit était grand, double. J'ignorais qui d'ordinaire y dormait. L'arrangement cependant témoignait d'un goût. Des couleurs rimaient, des formes. Sur une table, des boîtes. Des coffrets. Jean n'étant à l'évidence pas marié, je dormis dans le lit de Flore.

Bien. Tard. Jean m'éveilla. Le soir, il m'avait promis de me montrer le reste. Selon lui, l'essentiel. Les petits bâtiments, dispersés au pied du bar. Le gouffre. Nous déjeunâmes sur la terrasse. Bon, me dit-il, on a le temps. Ils ne vont pas arriver avant une heure.

Je supposai qu'il évoquait les visiteurs. Jean me conduisit à l'accueil. Un bâtiment l'abritait à proximité du gouffre. J'aperçus en passant un grillage, une porte en métal, fermée, entre deux piliers, coiffée d'un petit toit de tuiles. Elle donnait sur un vide flou, cerné de parois rocheuses, moussues, densément recouvertes de feuilles. Une vision verte. Avec quoi contrastaient les murs nus de l'accueil. Jean l'ouvrit, me fit entrer, me désigna une table avec des dépliants photo, une boîte en fer. Y attenait un fauteuil. Je me tiens là, me dit-il.

En compagnie des affiches, nombreuses, qui les couvrait, mon regard restait accroché aux murs. Jusqu'au plafond, sur les quatre côtés, ce n'étaient que gouffres, grottes, cavernes, saisis par des appareils coûteux dans une nuit qu'éclairaient des spots. Un pays entier, la France, m'avisai-je, s'étendait là, arraché au sous-sol par les flashes. Un pays de pierre humide, aléatoirement travaillée dans le genre gothique. Bref, songeai-je, la concurrence. Jean pratiquait l'esprit de groupe.

Il vendait aussi de petits souvenirs. Colliers, bagues. Où, s'enchâssant, se perpétuait la pierre. Elle se déclinait aussi en petits sachets. Pour le reste, sur les présentoirs, l'iconographie boudait le lieu. Elle élargissait le champ, montrait le ciel, les collines, excédait même la région, débordait au sud, invitait au voyage. Les visiteurs, visiblement, passaient. On le savait. De leur excursion, on leur vendait le point de départ. Ou de chute, aussi bien. C'était pareil. Tandis que moi, bien sûr. C'était une confirmation. J'y étais. Aller plus loin n'avait pas de sens.

C'est la petite guide, qui n'arrive pas, observa Jean. Entre deux grottes, il désignait une pendule de cuisine. Elle empiétait sur les affiches. Plus de place. On commence à dix heures, dit-il.

Moins cinq, disait-elle.

Un moteur se signala. Jean jura. Nous sortîmes. C'était un car. Un petit car, douze personnes. Elles descendirent. Un homme s'avança vers nous. C'était le guide. Pas la petite guide. Le guide des gens. Bonjour, dit Jean. On va ouvrir. Vous n'êtes pas en retard.

Il les laissa en plan dans la clairière. Nous retournâmes à l'accueil. Jean s'installa à la table, le guide entra. La porte de l'accueil, en effet, était demeurée ouverte. Jean, sans plus tarder, ouvrit la boîte, détacha des billets, les vendit. Une petite minute encore, dit-il au guide. On attend le guide. Devant le guide, je ne sais pourquoi, il n'osait plus le féminin. Elle va venir, se trahit-il. Elle devrait arriver.

Elle n'arrivait pas. Planté devant un présentoir, j'étudiais les cartes postales. Je n'aime pas les personnes en difficulté. J'aurais voulu l'aider. Bon, dit Jean au guide, on va y aller. Je vous demande encore une seconde.

Il quitta sa chaise, vint me trouver, m'entraîna devant les colliers, à l'écart. Luc, me dit-il. J'ai besoin de toi. La veille, à la faveur de la boisson, entre nous, sans faire obstacle, le tu s'était insinué. Sans trop le cultiver, nous l'avions laissé croître.

Tu peux tenir la caisse ? me demanda-t-il. Je vais leur faire la visite. Les tarifs sont indiqués sur la table. Si la guide vient, tu lui expliques. Quoi ? dis-je. Je ne sais pas, moi, dit-il. Qui tu es. Moi ? dis-je. Oui, dit-il. Bien sûr. Et tu leur dis. Pour le retard.

Comment ça ?

Non, dit-il. Rien. Je verrai ça plus tard.

Il me laissa seul derrière sa table. Par une fenêtre, je vis le guide rassembler les gens, puis Jean leur servir de guide, à tous, en direction du gouffre. Par la porte ouverte, cette fois, je vis Jean ouvrir celle du gouffre. Puis tout ce monde entra sous terre. Je dépliai un dépliant.

Je n'étais pas concentré. Je passais d'une vue à l'autre. Je pianotai sur la table, décrochai le téléphone. Raccrochai. Tiens, me dis-je, un téléphone. Je ne l'avais pas remarqué. Mais je n'avais pas relevé le numéro de l'hôpital. Et je ne pouvais pas appeler Flore. Or j'avais envie d'appeler Flore. Maintenant. A cause du téléphone. Sinon, je me serais contenté d'y penser. J'y pensai, donc. D'autant plus. Je savais que le matin, à l'hôpital, il n'y avait pas de visites. Quand même, me disais-je, on pourrait parler.

Je m'impatientai. L'après-midi, me dis-je, commence à treize heures. Je suis bien, ici, mais bon. Je regardai la pendule. Dix heures quinze. Et Jean qui va remonter. Je ne sais même pas quand. Il ne m'a pas dit combien de temps elle dure, la visite. Il va remonter et puis quoi ? Est-ce que je vais seulement pouvoir lui dire ? Que Flore me manque, oui. Sa sœur. Est-ce qu'il peut comprendre ça ?

Sûrement, me dis-je. Il peut. Je sens qu'il peut. Il l'a prouvé. Je vais attendre qu'il remonte. Et alors je lui dirai. Flore me manque. Tu as relevé le numéro de l'hôpital ? Passe-le-moi, s'il te plaît. J'ai aussi besoin de savoir comment va Maude. Je sais, je ne l'ai pas pris, moi, le numéro. Mais toi. Son frère. Non ? D'accord, c'était à moi de le prendre. Mais tu l'as bien quelque part. Depuis le temps. Depuis le temps que vous vivez ici, tous les deux. Et que Flore. Vous avez bien le numéro quelque part. Sûrement, me dis-je. Il a sûrement le numéro. Suffit d'attendre qu'il remonte.

Sauf que, me dis-je. Même s'il a le numéro. Pour cet après-midi, je fais comment, pour me rendre à V... ? C'est lui qui m'accompagne ? Et sinon ? Il y a cet arrêt de car, c'est vrai. Un peu loin à pied, tout de même. Il faudra qu'il m'y conduise. Mais de toute façon. De toute façon il va y aller, à l'hôpital. Il va m'y conduire. C'est sa sœur, quand même. Il va vouloir la voir. Sa nièce. Il viendra. C'est normal. Si la guide vient, du moins. Et encore. Elle va faire comment, toute seule, entre le gouffre et l'accueil ? Jean ne viendra pas, donc, me dis-je. Ou alors. Il a prévu quelque chose. Une solution. Un ami. Un voisin. Je ne l'imagine pas sans solution. Il viendra, donc. Je ne sais pas comment, mais il viendra. Je me passerais volontiers de lui, évidemment. Je l'aime bien, ça n'est pas la question. Mais enfin, si j'avais une voiture. En admettant. Et que je sache conduire. Si je pouvais y aller seul, une fois, à l'hôpital. Pour voir si sans lui.

C'était ça, mon doute, maintenant. Je me demandais si au fond. Ce type, Jean. Le frère, oui. Son rôle. Dans ma vie. Sa place. Celle qu'il prenait, en tout cas. Sans compter celle qu'il avait, là, l'air de me donner. Bien sûr, j'avais choisi de rester. Evidemment. Ce n'est pas ce que je veux dire.

Je n'avais pas entendu se garer la seconde voiture. Je m'en avisai seulement en voyant la jeune femme. En la voyant, donc, en voyant son visage, j'entendis sa voiture. C'était curieux. Ce bruit de moteur qui se coupe, dans le regard d'une femme. Elle me saluait, au passage, par la fenêtre de l'accueil. Ce n'était pas une femme, du reste, mais la jeune fille de la veille. La vraie. Elle gagna directement le bar.

La guide, elle, ne paraissait point. Un troisième véhicule, puis un quatrième vinrent s'échouer dans la clairière. Du monde vint. Bonjour, dis-je. Des Français, comme les autres. Je me voyais mal me lancer dans les langues.

Je vendis des billets. Rendis la monnaie. Vous allez patienter un peu, dis-je. Nous manquons de personnel, en ce moment. Le guide ne va pas tarder. Je faisais allusion à Jean, dans ma tête. Je ne connaissais pas d'autre guide.

Quarante-cinq minutes. C'était la durée de la visite. Jean reparaissait. Messieurs-dames, dit-il. Si vous voulez bien me suivre.

Il haletait. Il devait être profond, ce gouffre. Il y redescendit. Ne prit même pas le temps de faire un signe. Je demeurai à mon poste. Pendant son absence, je consultai une brochure. Vingt-cinq mètres. Et pas d'ascenseur, supposai-je. Normal, pour un petit gouffre. Un petit gouffre comme ça, même pas célèbre. Mais je dus interrompre ma lecture. Les visiteurs d'avant voulaient des souvenirs. Etiquetés, heureusement. Je les leur vendis. Ils partirent. Ne furent pas remplacés. Nul moteur, dans la clairière, ne vint plus à se couper. Trente minutes plus tard (et non plus quarante-cinq, notai-je), Jean refit surface. Exténué. Je pris en charge son groupe, pour les souvenirs. Il y avait une chaise, à l'accueil, en plus du fauteuil, où il s'assit, me laissant faire. Il appréciait. Moi aussi. Sa gratitude. Puis nous fûmes seuls. On va déjeuner, dit-il, non ?

Si. Nous déjeunâmes. La serveuse nous servit. Par chance, comme il n'y avait plus personne, dans la clairière, personne non plus ne consommait au bar. On n'y servait point de repas, du reste. Sauf au personnel. Nous en étions, au premier chef. Avec ce rien de fierté, peut-être. Mais Jean se montrait soucieux. Il songeait à sa guide. Elle aurait pu appeler, quand même, observa-t-il.

Après le café, il l'appela. Malade, me dit-il. Bien malade. C'est sa mère qui. Me voilà beau. Une petite étudiante en tourisme. Compétente, avec ça. Elle ne pouvait pas appeler, bien sûr. Dans son état.

Ça va s'arranger, dis-je.

Oui, me dit Jean. Evidemment que ça va s'arranger. Il faut que ça s'arrange. Je n'ai pas le choix.

Je levai les yeux au ciel. J'en vis des bouts. J'ai pensé, dit Jean.

Je sais, dis-je. Moi aussi.

Et tu serais d'accord ? dit-il.

Je me suis pas mal débrouillé, ce matin, à l'accueil.

Ah, dit Jean, tu me sauves.

C'est pour cet après-midi que ça va poser un problème, dis-je.

Oui, dit Jean. je comprends. Je comprends. Tu veux y aller.

De toute façon, dis-je. Je vais y aller.

Je comprends, dit Jean. Je m'arrangerai. J'ai un oncle.

Ah ben voilà, dis-je. C'est ça. Un oncle.

Il faudrait que je le joigne, dit Jean.

Je pointai du regard le téléphone, sur le bar. Il y avait deux appareils, au gouffre. Jean venait de se servir de celui-là pour appeler la guide. Se resservit. Sur mon insistance, peut-être. Personne, dit-il.

Tu vas rappeler, dis-je.

Oui, dit-il. Evidemment. Pour cet après-midi, je vais te prêter la voiture.

Merci, dis-je. Ça me touche beaucoup. Mais. Tu ne sais pas conduire.

Ah bon ? Ça se voit tant que ça ?

Ça se devine.

C'est pour m'accompagner, dis-je, que ça va

poser un problème. C'est ce que tu vas me dire, maintenant.

On se devine bien, tous les deux, me dit-il.

Oui, dis-je.

Je ne vais pas t'accompagner, me dit-il. Je ne peux pas. Même en admettant que mon oncle. On est trop peu, ici. Et je ne ferme pas. Je ne veux pas fermer. Je ne ferme jamais. Ce serait la catastrophe. Je vais t'apprendre à conduire.

Au vrai, j'avais un peu conduit, par erreur, dans ma jeunesse, auprès d'un moniteur tendu qui n'avait pas su me mettre à l'aise. Je ne m'étais présenté qu'une fois au permis, en compagnie d'un examinateur sournois qui m'avait laissé stopper en quatrième passé un feu rouge. En outre, il ne m'avait pas encouragé. Mais, surtout, j'avais abandonné parce que, en fin de compte, comme la femme que j'aimais à l'époque m'avait quitté dès la septième leçon, je ne voyais plus l'intérêt d'apprendre à conduire. Je n'avais plus personne à emmener.

Ma première nouvelle leçon fut brève. Je calai devant un groupe. Cinq personnes, pas plus. Qui descendirent de leur quatre-quatre. Elles mobilisèrent Jean. Puis nous exploitâmes un creux. Il était quatorze heures. J'étais pressé de voir Flore, j'enclenchai la première. Bondis. Calai. Jean me montra mieux, pour les pieds. Le battement. En natation, me dit-il, tu as le crawl. Oui, dis-je. Je ne voulais pas le contrarier. Ici, me dit-il, ce ne sont pas les jambes. Ce sont les pieds. Qui battent. Il montrait ses mains. Ce mouvement, dit-il. Ce décalage. Constant. Jamais joints, les pieds. Jamais ensemble. Le contraire de la brasse.

Je sais déjà tout ça, dis-je. Il faut seulement que j'y arrive.

Je passai la première. Ne calai pas. J'étais motivé, cette fois. Maintenant, la deuxième, me dit Jean. Il faut passer la deuxième. Après, c'est tranquille. La première, c'est le plus dur. On ne roule pas. Ah, tu vois, me dit-il. Tu roules, là. Regarde.

Je vois, dis-je. Nous circuitions dans la clairière. C'était pratique. Personne en face. S'il vient une voiture, me dit Jean, c'est simple, tu freines. De toute façon, ce sont des visiteurs. Tu les accueilles.

Je réapprenais vite. Pour la troisième, nous poussâmes jusqu'à la lisière. Pour la quatrième, nous longeâmes l'autoroute. Pour aller à V..., me dit Jean, tu n'as pas besoin de la prendre. Tu restes sur celle-là. Evidemment, il y a des virages. Et ça descend. Tu utilises le frein moteur. Et pour me garer ? dis-je. A l'hôpital, tu ne te gares pas, me dit-il. Tu t'arrêtes. C'est l'été.

Nous dûmes tout de même attendre l'oncle. Jean l'avait joint. Il arriva vers quinze heures. C'était un vieil oncle, sec, d'un village proche, intéressé aux activités municipales. Il m'expliqua. Je comprends, dis-je.

Je les laissai, tous les deux. Démarrai. Au bout de vingt mètres, j'entendis crier. Je n'avais pas quitté la clairière. Rétroviseur ! entendis-je. Je regardai dans le rétroviseur. Jean ne m'en avait pas parlé. Il s'y agitait, criant toujours. Rétroviseur ! je suppose. Je ne l'entendais plus. J'avais pris du champ.

Puis je ne le vis plus. Ce fut la route. Seul. Au volant, du moins. Ça circulait. Pas trop, mais quand même. Je tins ma droite. Freinai dans la descente. Ma hantise, c'était de caler. De revenir au point mort. Pas question, me dis-je. On me doubla. Je n'en tins pas compte. Devant toi, m'avait dit Jean. Tu regardes devant toi. D'où l'oubli du rétroviseur, bien sûr. Je regardais un peu sur les côtés, cependant. Ils étaient creux. Dangereux, ça. On eut beau m'avertir, je m'en écartai dans de longs coups de trompe. J'eus peur. C'était une sensation neuve. Je ne me souvenais pas d'avoir eu peur. Mal, oui, mais peur, pas tant que ça. Ou alors loin, petit.

En ville, je m'aperçus que Jean ne m'avait rien dit du code. De sa jonction avec la pratique. Je les associais mal, comme toujours. Tantôt je lisais, tantôt je conduisais. Une forme de sagesse, en somme, mais dépassée. Trop zen. J'eus surtout un problème avec les feux. Je connaissais la règle, mais ne les voyais pas. Ne les prévoyais pas. Les brûlais. Ou pilais, calant. Le plus dur fut de trouver une pharmacie, pour la liste. Au-delà des feux, en deçà, je cherchais des croix vertes. L'une d'elles se mit à clignoter quand l'un passa au rouge. Celui-là, je le vis. Je me garai en double file, effectuai mes achats, repartis sans problème. Je progressais. J'étais bien. Formidablement bien. Etonné. Rêveur. Doué, même. Je parvins aisément à l'hôpital. Par chance, il était fléché. Son logo partout tirait l'œil. Dans le parking, comme me l'avait conseillé Jean, je stoppai. A cheval sur un trait de peinture, mais loin du mur. Un peu trop. Mon arrière gênait. Je ne pris pas le risque –

inutile, me dis-je – de redémarrer pour gagner un mètre. Je tirai le frein à main. Descendu de voiture, je jugeai le résultat acceptable. Une voiture passait. Pouvait, je veux dire. Peut-être pas une grosse. C'est le volume d'une ambulance, que je n'arrivais pas à me représenter. D'une grosse ambulance.

Après la litanie des couloirs, des portes coupe-feu, des bureaux déserts, je rejoignis Flore. Je la trouvai pâle. Elle l'était. Plus que d'habitude.

J'ai mal, me dit-elle.

C'est ce qu'elle avait prévu. Ce n'était pas une raison. Je me rendis compte que je l'embrassais. Son baiser me le rappela. Trop bref. Je la gênais. Le moment était mal choisi, sans doute. Pourtant, je ne voyais pas qu'on ne dût point embrasser une femme qui souffre. Au contraire. Surtout quand on la retrouve. C'est ce dont je voulais témoigner. Je cherchais d'ailleurs un mot digne de relayer mon geste. Au moment où je le trouvai, elle me fit taire. Sa main sur mes lèvres. C'était mieux.

Et Maude ? dis-je.

Le mot le plus doux que j'eusse pu trouver,

et que pût viser sa censure. La mienne, également. Nous manquions encore de mots, me semblait-il, entre nous. De noms, surtout. Beaucoup de verbes, sans doute. Quelques phrases nous reliaient, racontaient notre histoire, déjà. Mais de noms, de noms qui nous fussent propres, point. A part les nôtres. Et encore. Nous nous appelions peu. Restait celui de Maude, oui.

Elle n'était pas là. Flore m'expliqua. Il existe dans les hôpitaux, section maternité, des nurseries. Qui prennent en charge l'enfant à la demande de la mère. Quand elle est fatiguée. Ou qu'elle souffre. C'est mon cas, rappela-t-elle.

Comment va-t-elle ? m'enquis-je.

Très bien.

Mais pas toi, dis-je.

Non, dit-elle. Pas moi.

Je hochai la tête. Cherchai une réplique, un développement. J'avais, on ne peut pas me le dénier, aidé cette femme. Y compris dans la souffrance, cette souffrance particulière de l'extrême effort. Mais je n'arrivais pas à entrer dans cette souffrance-là, qu'elle subissait. Maudit stagiaire, me dis-je. Qui l'a recousue, oui, mieux vaut ne pas voir comme. Mais je n'osais pas, non. Je ne savais pas partager cette souffrance. Trop passive, en fait. Dans sa volonté, oui, aucun problème. Je m'étais moulé. Mais là. Elle ne luttait pas. Souffrait. Etait. Et n'était qu'elle. Je la connaissais mal.

Enfin, me dis-je. Ce sont surtout les mots. Ceux qui me manquent. Qu'elle ne me permet pas, que je ne me permets pas, pour l'aider. Ces mêmes mots que nous nous refusions, à l'instant. Surtout elle. Moi, à la rigueur, je ne dis pas. Je les sentais, d'ailleurs. Ils me venaient. Ma chérie. Je les refoulais. Mon cœur. Mais non. Manque quelque chose. Une ancienneté. Non. Une force. Une force que je n'ai pas, qu'elle ne me donne pas. Pauvres de nous, me dis-je.

Je peux la voir ? demandai-je.

Evidemment, me dit-elle.

Elle grimaçait. Me signifiait son mal. Encore. Je la touchai, quand même. Toujours ces mains, ce contact des mains. La toucher, c'est ce que j'arrivais le mieux à faire, maintenant, avec elle. C'était pas trop difficile. Toucher une femme, comme ça, parce qu'on a décidé qu'on l'aime, et qu'on l'aime, il suffit qu'elle veuille. Et elle voulait. Bien. Ne voulait que ça. Hier, lui dis-je, pourtant. Quand je t'ai quittée. Quoi ? dit-elle.

Je la regardai. Je ne l'aimais pas, là. Elle avait beau souffrir. Je crois, dis-je.

Quoi ? redit-elle.

Que je ne t'aime pas, dis-je.

C'était une façon de parler, bien sûr. Un peu de violence, me disais-je. Je suis si doux. Mais elle me regardait, maintenant. Ça ne lui venait pas. Qu'un homme, rencontré quarante-huit heures plus tôt dans une piscine, et qui quarante-huit heures plus tard est toujours là, à son chevet, puisse ne pas l'aimer. Ou l'aimer. Enfin, ne pas l'aimer, surtout. Surtout quand elle souffre. Et je voulais que ça lui vînt, moi. J'attendis. Et je vis ceci : elle en contractait de la souffrance. Une autre. A ma portée. Naïve, dis-je. Et tu me croyais.

Je ne sais pas, dit-elle.

Elle n'avait pas l'air de savoir, en effet. Semblait perdue. Je me retrouvai un peu.

Je ne t'aime pas, dis-je, quand tu es comme ça.

Comment, comme ça ?

Changeante, dis-je.

C'est parce que j'ai mal.

Je n'aime pas que tu aies mal. Je fais comment, pour la voir ?

Tu y vas. Tu peux y aller. Sur la gauche, dans le premier couloir. C'est fléché.

Je gagnai la nursery. Demandai à voir Maude. Je vais vous la chercher, dit une puéricultrice. Je peux venir avec vous, dis-je. Nous remontâmes la rangée de lits. Maude portait le plus petit bracelet du monde. A son nom. Je l'aurais reconnue sans. On comprendra que je le dis sans forfanterie, car je n'y étais pour rien, c'était la plus belle. Et de loin. D'ailleurs, les autres n'étaient pas terribles, comme bébés. Ce côté adulte, déjà, vaguement VRP. Ils se ressemblaient tous.

Non, dis-je. Laissez-la. Maude ne pleurait pas, dans son petit lit. Je lui fis prendre mon doigt. La puéricultrice s'éloigna. Maude, prononçai-je. Plus fort que la veille. Non, moins fort. Plus distinctement. Maude, dis-je donc. Je ne vais pas rester longtemps, ta mère n'est pas bien, elle a besoin de moi. Je m'appelle Luc. Gavarine, pensai-je. Je ne t'en parlerai plus, dis-je.

C'était facile, de lui sourire. Juste des yeux.

Je peux la prendre ? dis-je. Je me retournai. La puéricultrice n'était plus dans la pièce. Je pris l'enfant. Elle pleura. Aïe, dis-je. Ne pleure pas, Maude. C'est moi, Luc. Mais tais-toi, dis-je, tais-toi, les gens vont croire. Arrête. Un problème ? dit la puéricultrice. Ah, dis-je. Vous êtes revenue. Non, ça va, ça va. Elle pleure, là, quand même, me dit la puéricultrice. J'ai remarqué, dis-je. C'est peut-être qu'elle a faim. Peut-être, dit la puéricultrice. Alors, occupez-vous-en, dis-je. A plus tard, Maude, me penchai-je. Je l'embrassai, sur le nez, du bout des lèvres. La rendis. A plus tard, dis-je à la puéricultrice.

J'allai retrouver Flore, elle avait eu le temps de réfléchir. Ça va ? me dit-elle.

Oui, dis-je. Elle devait avoir faim. Elle pleurait.

Ils la nourrissent, là-bas.

J'ai compris, dis-je. J'ai une question. Je peux te poser une question ? Je voudrais savoir.

Oui ?

C'est une question difficile. Je peux te la poser ?

Oui.

C'est moi qui ne peux pas.

Alors ne la pose pas, dit-elle.

Ah non, dis-je. Pas de ça. Ce n'est pas ce que je te demande. Ce sont des encouragements, que je te demande. Aide-moi, plutôt. Au lieu de.

Bon, dit-elle. D'accord. Je t'aide.

Elle avait quand même ce côté têtu, dans le regard, quand j'y pense. J'aimais bien.

Merci, dis-je. Ça m'aide beaucoup. Voilà. Est-ce que.

Est-ce que quoi ?

Ça va venir, dis-je.

Faut pas être pressé, dit-elle.

Eh non, dis-je. Faut pas. Remarque, comme je suis venu te voir, on a le temps. On ne l'est pas, pressés. On peut même parler d'autre chose, en attendant. Qu'est-ce que tu en penses ?

Ben oui, dit Flore. Oui. On peut toujours.

J'aimais bien, aussi, quand elle répondait comme ça. En écho. Ça me laissait du temps. Du temps avec elle.

Par exemple, dis-je, je pourrais te poser une autre question. En attendant.

Pourquoi pas en effet, me dit-elle. Laquelle ?

Tu lui parles un peu de moi, des fois ?

Elle détourna le regard.

C'était quoi, la première question ? dit-elle.

La même, dis-je.

Ah, dit-elle. Eh bien. Tu avais raison. C'est une question difficile.

Attends, dis-je. Je vais t'aider, à mon tour. Je vais t'en poser une troisième.

Toujours la même, je suppose.

Presque, dis-je. Il est où, son père ? Attends. J'en ai d'autres. Tu me feras une réponse globale. Il fait quoi ? Qu'est-ce que c'est, que ce type ? C'est lui, qui t'a quittée ? Comment ça ? Et toi ? Tu l'aimes encore, ou quoi ? Quand est-ce qu'il va revenir ? Se signaler ? Jamais ? C'est toi qui vas le retrouver ? Lui pardonner ? Quand ? Où s'arrête mon rôle, dans cette histoire ? Est-ce que tu m'aimes ? Est-ce que tu vas m'aimer ? Est-ce que tu veux m'aimer ? Est-ce que ça t'arrangerait, finalement, de m'aimer ? Est-ce que tu sais que je t'aime ? Et cet enfant ? Est-ce que tu t'es demandé si je l'aimais ? Si je n'avais pas commencé à l'aimer, un peu ? Est-ce que ça te paraît possible, si vite ? Qu'est-ce que tu écoutes, comme musique ?

Je fis une pause.

Attends, repris-je. Ne réponds pas. Ne dis rien. Je vais t'aider. Encore, oui. C'est possible. Je vous aime. Je n'y peux rien. Qu'est-ce que tu y peux, toi ? Est-ce que tu peux faire quelque chose pour moi ? Me répondre, par exemple ?

Non, me dit-elle.

Je m'en doutais un peu, dis-je.

C'est que ça fait beaucoup, me dit-elle.

C'est vrai, dis-je. On n'a qu'à reprendre au début, proposai-je.

Je suis un peu fatiguée, dit-elle.

Juste au début, dis-je. Est-ce que tu lui parles un peu de moi ? Allez.

Non, Luc. Je ne lui parle pas de toi. Je ne vois pas comment je ferais. Je ne sais pas qui tu es, pour elle.

Attends, dis-je. Attends. Moi non plus. Parlons-en un peu, tu veux ?

A ma surprise, nous restâmes dans le flou. Nous avions beau être sincères, nous mentir – enfin, surtout elle, je n'avais rien à cacher, moi, aucun mérite, j'avais même laissé ma serviette au gouffre, mon seul secret, à la rigueur, qu'elle connaissait du reste, pour ce qu'elle en faisait, d'ailleurs –, nous n'en sortions pas. Pleurer, oui. Enfin, Flore. Surtout Flore. Moi, pas trop, en fait. J'avais connu pis. Et, quand elle pleurait, ça allait, oui. Nous avancions. Physiquement. L'un vers l'autre. Nous avions besoin d'aide, tous les deux, besoin d'amour, évidemment, comme tout le monde, c'était bien bête, comme problème, au fond. Mais pas simple. Pas pour elle. Je n'étais pas l'homme qui, semblait-il. Je ne suis pas l'homme que, disais-je. Si, disait-elle. Si. Au contraire. Cet Au contraire. Bon, disais-je finalement. Le mieux, c'est que je revienne demain. Tu seras plus vieille. Tu y verras peut-être plus clair.

Idiot, disait-elle.

J'aimais bien la détendre, quand j'étais tendu. C'était ma petite force. Puis nous nous quittâmes. Ça valait mieux. Je ne serais pas resté une minute de plus. Nous nous embrassâmes. Chastement, trop. Si tu pouvais me trouver une bouée, me glissa-t-elle. Pardon ? dis-je. Une bouée, pour m'asseoir. Parce que je peux m'asseoir, en principe. Je ne suis pas malade. Mais je suis couchée, là. Oui, dis-je, je vois. Et j'entends. Tu me dis une bouée. Une bouée comment ? Je ne sais pas, dit-elle. On m'a dit une bouée. Bon, dis-je. Mais je vais trouver ça où, moi ? Je ne sais pas, dit-elle. On m'a donné une ordonnance. Fais voir, dis-je. Une bouée, lus-je. C'est tout ? Ils se fichent de qui ? Si ça se trouve, dit-elle, c'est une bouée normale. Classique. Ça m'étonnerait, dis-je. Je ne crois pas qu'en pharmacie ils vendent des bouées normales. C'est juste, dit-elle. Et, sur ce maigre mystère, nous nous séparâmes. Ou presque. Flore me demandait encore quelque chose. Ah ben non, dit-elle, non, finalement, ce n'est pas la peine. J'ai le mien. Mais de quoi tu parles ? dis-je. De mon sèche-cheveux, dit-elle. Ils m'ont demandé un sèche-cheveux, pour ma coupure. Ma couture, je veux dire. Que j'utilise un sèche-cheveux. Ah, dis-je. Je ne voyais pas bien. Puis je vis. Ah, dis-je, ah. Quoi, ah ? dit-elle. Tu ne comprends pas ? Pour ma couture. Oui, dis-je. Bien sûr. Là, oui. D'accord.

En retournant à la voiture, je réfléchissais. Pas à nous, non. A nous, je n'avais plus envie de réfléchir. De souhaiter bonne chance, à la rigueur. Comme une troisième personne, une sorte d'arbitre. Que je n'étais pas, évidemment, loin de là. Non. Je me sentais rien. Rien, avec un grand vide dans le crâne. Et, derrière, prête à surgir, non. Même pas. Aucune souffrance. Palpable, j'entends. Mais une crainte, encore. Oui. Toujours, maintenant. Qui grandissait. Ne me quittait pas. Seule, sans objet. Une grande crainte. Et une pensée, quand même. Ridicule, petite. Non. Pas si petite. Je réfléchissais à cette bouée. Et au sèche-cheveux. Le côté inventaire pour baignade. Incomplet, bien sûr. Avant, après. Je trouvais curieux ce vague rappel de la piscine. Comme si. Comme si quoi ? me disais-je. Eh bien, comme si quelque chose ne changeait pas. N'évoluait pas. A partir de la piscine. Que tout se fût figé, depuis l'épisode de la piscine. Ou eût commencé, plutôt. Et fini. En même temps. Qu'il y avait eu quelque chose dans ma vie, donc. Mais derrière. Qu'à ce moment-là, oui, sans doute. Mais qu'après, non, rien. Même pas Maude. Elle avait eu beau naître. Mon histoire à moi, c'était jusqu'à la piscine. Après, ce n'était plus mon histoire. C'était celle des autres. Et toi, me dis-je, tu t'accroches. Mais tu te trompes. Voilà ce qu'elle a voulu me dire, Flore, avec son sèche-cheveux et sa bouée.

Eh bien, me dis-je. Tu vas aller loin, comme ça. Mais tu dérailles, mon vieux. Pousse donc jusqu'à la voiture, va. Rentre donc au gouffre. Puisqu'on t'y attend. Et arrête-toi en chemin à la pharmacie. Ce sont bien des choses à faire, ça. Qu'on attend que tu fasses. Alors fais-les. Tu vois bien que c'est la suite. Qu'il y en a une. Alors avance, mon vieux, avance, et arrête d'imaginer je ne sais quoi. De toute façon.

Ah, me dit la pharmacienne. On peut vous la commander. Mais vous ne l'aurez pas avant la semaine prochaine. J'étais garé en double file, comme à l'aller. Je peux peut-être en trouver une ailleurs, dis-je. Vous pouvez toujours essayer, dit-elle.

J'essayai. Tiens, me dis-je, cette fois, je vais tenter un créneau. Je prenais de l'aisance. J'essayai, donc. Abandonnai, toutefois. Restai en double file. On peut vous la commander, me dit la pharmacienne. Le nombre de femmes, dans cette profession. Mais vous ne l'aurez pas avant une semaine, précisa-t-elle. Attendez, dis-je. Elle est comment, cette bouée ? Ça ressemble à quoi ? C'est une bouée normale, dit-elle. Alors, dis-je, pourquoi vous en vendez ? Pardon ? dit-elle. Vous êtes une pharmacie, dis-je. Et vous vendez des bouées normales. Oui, dit-elle, pourquoi ? Pour rien, dis-je. Et c'est cher ? Un peu, dit-elle. Vous ne connaissez pas un bazar ? dis-je. Il y a des lacs, dans le coin ? Mais oui, dit-elle. Bien sûr. Du côté du gouffre. Mais pourquoi ? Pourquoi vous vous fâchez ? Pour rien, dis-je, vous connaissez le gouffre ? On le connaît, dans la région, dit-elle. J'étais déçu. Enfin. Merci, dis-je. Et je pris la direction du gouffre. Trouvai la flèche, pour le lac. Puis le bazar, dans la bourgade, près du lac. J'étudiai l'étalage. Puis j'entrai. Des bouées, dis-je au vendeur. Vous en avez, sans canard ? Sans canard ? me dit-il. Oui, dis-je. En proue. Vos bouées ont toutes un canard, en proue. Vous en avez, sans ? Ah, me dit-il. Vous voulez une bouée normale ? Oui, dis-je. Je vais voir, dit-il.

Il s'éloigna dans l'arrière-boutique. C'est tout ce qui me reste, me dit-il en revenant, vaguement gêné. Il n'y a pas de canards en proue, sur celle-là. En effet, dis-je. Le canard était imprimé. Sur le dessus, en série. Le dessous était uni, rouge. Bon, dis-je, ça ira.

J'en avais apprécié le diamètre. Je vérifiai également si la valve était équipée d'une sécurité. Elle l'était. J'arrivai au gouffre sans encombre, considérant que j'avais au moins appris quelque chose, ce jour-là. La conduite, me dis-je. Indéniablement, je suis doué.

A l'accueil, je retrouvai l'oncle. Vous vous débrouillez ? dis-je. Ça va, dit-il. Et Jean ? dis-je. Il est en bas ? Oui, me dit-il. Ah, tiens, le voilà qui remonte.

Alors ? me dit Jean. Tout se passe bien, dis-je. Tout s'est bien passé. A part les feux rouges. Mais ça rentre.

Et Flore ?

Elle souffre un peu. L'épisio.

Et la petite ?

Maude va bien.

Ici, me dit Jean, c'est pas terrible. Roger s'en sort bien, remarque. Hein, Roger ?

Evidemment, dit l'oncle. C'est pas la foule.

Non, dit Jean. Mais quand même. C'est peut-être moi. Tu montes bien, toi ? me dit-il. Les escaliers. Tu as l'ascenseur, chez toi ?

Il soufflait de plus en plus. Me faisait peur. Et me parlait de chez moi, maintenant. Décidément, me dis-je. Qu'est-ce qu'ils ont, tous. Mais non. Je ne régresserai pas en deçà de la piscine. Jamais. La piscine, c'est ma limite inférieure.

Tu veux que je te remplace, dis-je.

Tu voudrais bien ?

L'espoir, dans le regard d'un homme las. Lourd, aussi.

Bien sûr, dis-je. Pourquoi pas ? Et qu'est-ce que tu feras, pendant ce temps ?

Je m'occuperai de l'accueil. C'est-à-dire de la caisse. C'est mieux, pour les comptes. Tu me comprends. Et je libérerai Roger.

Je peux rester, dit Roger. Je me débrouille.

C'est pas la question, dit Jean.

Bon, intervins-je. Mais il faudrait que tu m'expliques. Je ne le connais pas, moi, ce gouffre. Je n'en connais aucun.

Que te dire ? dit Jean. Qu'est-ce que je ferais, sans toi ? Mais ça peut attendre demain, pour que je te montre. Je ne peux pas, là. Mais demain, oui. Avant les visites. Je te prêterai des bottes.

Des bottes ? dis-je.

Oui, dit-il. Tu n'as pas remarqué que je mets des bottes ?

Non, dis-je. Enfin oui. Je vois.

C'est humide, là-dessous.

Et les autres ? Les visiteurs ? Ceux qui n'ont pas de bottes ?

Tu les préviens. Avant de descendre, tu le leur dis. Ceux qui ont des bottes, vous les mettez. Les autres, évitez les espadrilles. Et emportez un pull. Il règne, à la profondeur que nous allons atteindre, vingt-cinq mètres, tout de même, tu insistes sur vingt-cinq, hein, tu articules, une température de onze à douze degrés. Après la chaleur du dehors, vous risquez d'être saisis. C'est comme ça que tu commences, donc.

Ça paraît facile, dis-je.

C'est après, me dit Jean, que ça devient plus technique.

A huit heures, nous nous levâmes. Nous déjeunâmes. Nous nous lavâmes, puis nous vêtimes. J'emboîtai, botté, le pas à Jean vers l'entrée. C'était la première fois que je m'approchais de la grille. Jean fit apparaître une clé, ouvrit la porte. Nous nous engageâmes dans l'escalier. Face à nous, les parois vertes, feuillues. Puis, à mesure que nous descendions, de plus en plus vertes, moussues. De plus en plus feuillues. Des sortes de fougères. Des scolopendres, dit Jean. Il faut que je leur dise ? m'enquis-je. Non, dit Jean, l'aspect végétal n'intéresse personne. C'est pour le minéral, qu'ils viennent. Je te le dis à toi. C'est gentil, dis-je.

Par contre, dit Jean, tu leur expliques où ils sont. Où ils descendent. C'est un aven, ici. Un trou dans le sol, en fait. Qui résulte d'un effondrement, bien sûr. Tu le leur dis. Nous sommes ici dans un aven.

Nous franchîmes une seconde porte, pleine, cette fois. Seconde clé. L'escalier se fit humide. Puis mouillé. Je sentis le froid. Derrière Jean, je levai la tête. Je gravis du regard la paroi. La lumière, là-haut, éblouissait. N'entrait plus. Mais, vue d'en bas, faisait vibrer la forme du ciel. L'escalier tourna. J'aperçus, en contrebas, obturant une galerie, un bloc échoué. Nous continuâmes d'avancer dans le gris. Des spots dessinèrent des niches, définirent des contrastes, soulignèrent des teintes. La roche rutila. Advinrent des reliefs, semblables à ceux que j'avais observés sur les affiches de l'accueil. Mais en moins réel. Les dessinait plus nettement cette lumière que Jean, avant de descendre, avait faite un peu partout en abaissant de petits leviers logés dans un placard. Tu te souviens, naturellement, me dit-il, et je notai que sa voix, curieusement, ne résonnait pas, de la différence entre stalactite, mais je le coupai. Quand même, dis-je. Surtout tu n'en parles pas, me dit-il, tu ne vexes personne, hein. Evidemment, dis-je. Tu peux me faire confiance. Vous pouvez, reprit Jean, admirer ici la beauté et l'extrême finesse des concrétions, ça, à la rigueur, tu peux toujours le dire, mais j'anticipe, il faut d'abord que tu présentes la galerie. C'est ici que tu commences vraiment.

Nous arrivions dans une zone dégagée, grossièrement circulaire, en léger surplomb de la galerie, en effet, dont seule l'orée luisait dans l'ombre, et où, estimai-je, il convenait pour s'y engager de fléchir tant soit peu l'échine. La roche échouée, dont le flanc s'évasait, délimitait avec la paroi un goulet où le regard, pour commencer, pénétrait mal, puis rencontrait une nuit presque noire, que frangeait de jaune un spot distant. Par là-bas s'entendaient choir des gouttes.

Dans l'ensemble, donc, c'était sombre, plutôt mal éclairé, finalement. De temps à autre, j'observais le sol. On marchait dans l'eau. Jean commença sérieusement sa visite et, comme nous en étions convenus, je pris des notes. J'avais emporté un petit carnet. Parfois, je lui demandais de répéter. Colonne, disait-il. Tout simplement. Portique. Attends, dis-je, c'est quoi, ça ? Je parle trop vite ? dit-il. Non, dis-je. Tu marches trop vite. Je n'ai pas eu le temps de voir.

Nous nous arrêtâmes. Puis je le priai de reculer. Je voulais prendre du champ. C'est impressionnant, dis-je. Ça te plaît ? dit-il. Ce n'est pas le mot, dis-je. Je trouve ça. Il faudra que tu développes un peu mieux, me dit-il. Tu vois, là, ce sont les gardiens. Ces deux stalagmites. Les gardiens du portique. S'il y a des enfants, par exemple, tu leur dis, et maintenant, s'il y a des enfants (tu fais comme si tu ne les avais pas vus, dans le noir), des enfants, donc, dis-tu, qui veulent demander aux gardiens l'autorisation de passer le portique, eh bien. L'air de blaguer, hein. Pour détendre. Ça casse un peu.

Oui, dis-je. Est-ce qu'on peut revenir en arrière ?

Comment ça ? me dit-il. Tu veux voir quoi ?

La défense de mammouth, dis-je. Mais je ne veux pas la voir. Je voudrais que tu me redises. Ce qu'on voit.

Nous retournâmes en arrière. Là, me dit Jean. Sur votre gauche, vous pouvez observer une ligne noire verticale. Et, coupant cette ligne, une sorte de bâton blanc. Est-ce que tout le monde voit bien ? Approchez-vous, n'hésitez pas à vous approcher. Là, oui. Il s'agit en fait d'une défense de mammouth. On l'a datée à trois cent mille ans. Je vous rappelle que ce gouffre, où l'on a découvert une grande variété d'ossements animaux, dont vous pourrez découvrir tout à l'heure un échantillonnage dans notre petit musée, derrière l'accueil, fonctionnait comme un piège naturel. En fait, précisa-t-il en chuchotant étrangement, tu ne t'étends pas trop, sur la défense. C'est à eux de voir. Ils voient ce qu'ils veulent, en définitive. Tu insistes davantage sur la pierre, toujours. Et tu rappelles qu'on n'a jamais trouvé ici la plus petite trace de présence humaine. Paradoxalement, ça plaît. Ça impressionne. C'est vrai, en plus. Ça va ?

Oui, dis-je. Ça va.

J'écrivais vite. Pas tout. Nous revînmes vers le portique. Le passâmes. Contournâmes des formes suggestives. Un sexe érigé, un sein. Un sein rond, blanc, pointé verticalement à hauteur d'homme. Je le touchai. Je fais comme chez moi, dis-je. Bien sûr, me dit Jean. Mais tu ne touches rien devant les autres, hein. Evidemment, dis-je.

Nous progressâmes vers la sortie, et Jean commenta encore. Le sol s'éleva, insensiblement, où soudain se greffèrent des marches. Un écriteau rappela de ne pas oublier le guide. Ah, dit Jean. Tant que j'y pense. Tu réclames des pourboires. Pour la vraisemblance. A moins que, me dit-il. Tu ne souhaites pas que je te rémunère ?

J'ai perdu mon emploi, dis-je.

Non, dit-il. C'est pas possible.

Si, dis-je, ça arrive. Ça m'arrive. Mais je.

Il y a un fixe, me dit Jean. Pas très élevé, mais avec les pourboires on approche le SMIC. Un peu en dessous. Le problème, c'est plutôt qu'on ferme fin octobre. Ça ne marche pas, l'hiver, ici. Et puis, il y a la petite guide. C'est son poste. Va falloir que tu trouves autre chose.

En attendant, dis-je.

En attendant, bien sûr. Mais je pense à Maude. Ça va faire juste.

Je sais, dis-je. Mais c'est pas très grave. Je ne suis pas son père.

Nous émergions dans la clairière, par une porte qu'encadrait un petit bâtiment isolé, distant des autres, et qui, m'avisai-je en me retournant, n'était conçu qu'à cette fin. Encadrer une porte. C'était en somme sa petite maison, à la porte, une petite maison rien que pour elle.

Pourvue d'une grande cave, bien sûr. J'aimais bien. Une fausse maison.

Je ne comprends pas bien, dit Jean.

Maude, dis-je. Je ne suis pas son père. Je n'ai rencontré Flore qu'avant-hier.

Il porta, comme il arrive que font les vieilles dames, sa main à la bouche. Ça ne s'invente pas.

C'est pas possible, redit-il.

Si, dis-je. A la piscine.

Ah, dit-il.

Il parut comprendre. A cause de la piscine. Pour lui, visiblement, ce n'était pas pareil, à la piscine. On pouvait, si c'était à la piscine. On pouvait ne pas être le père. Au cinéma, dans une salle, je ne sais pas.

Mais alors le père, dit-il. Quand même. Le type.

Je ne sais pas, dis-je.

Remarque, dit-il.

Il réfléchissait tout seul. Ça me semblait mieux.

Remarque, poursuivit-il, ce n'est pas vraiment le problème.

J'étais bien d'accord. Nous nous complétions. J'ajoutai une précision :

C'est que je ne suis pas sûr que Flore m'aime. C'est plutôt ça.

Je la connais mal, me dit Jean. Ce n'est que ma sœur.

Moi, dis-je, je connais bien la mienne.

Ah oui ?

Mais je ne vais pas te parler de ma sœur maintenant, dis-je. Parle-moi plutôt de la tienne.

Elle est bien, dit Jean. Je l'aime bien. Vous avez un peu parlé, tous les deux, rassure-moi.

On a pas mal parlé, dis-je, mais je n'y arrive pas. Je n'arrive pas à savoir.

Mais qu'est-ce que tu es venu foutre ici, alors ? me dit-il. Qu'est-ce que tu croyais ?

Je n'ai pas réfléchi, dis-je. J'en avais assez de réfléchir. Je suis venu. Elle a bien voulu que je vienne.

Elle te l'a demandé ?

Je ne sais plus.

Ah, dit Jean, tu m'embarrasses.

Je ne voudrais pas que ça te gêne, dis-je.

Non, non, dit-il. En fait, ça ne me gêne pas. C'est votre affaire. Mais c'est par rapport à Flore.

Comment ça ?

Elle ne va pas comprendre que je te garde ici. Si elle ne t'aime pas.

Au fond, dis-je, ça n'est même pas sûr. Peut-être qu'elle m'aime. Ou qu'elle va m'aimer. Et puis je l'aime, moi.

Ça le toucha, ça. Le plongea, également, dans une réflexion. D'où il sortit, après le nécessaire silence, comme éveillé. Brutalement.

Comme ça ? dit-il. En deux jours ?

Non, dis-je. Je l'aimais déjà, à la piscine.

Oui, me dit-il. (Il parut de nouveau pensif, mais moins, bien moins.) On dit que ça arrive. Et puis je n'y étais pas, moi, hein.

Tu peux me faire confiance, dis-je. Dès la piscine.

Je sentais que je tenais là, avec la piscine, ou avec le mot de piscine, je ne sais trop, un argument de poids. Il était peut-être sensible à certains mots, comme ça, qui lui déclenchaient des trucs. On ne sait pas, avec les gens.

Bon, me dit-il. Eh bien on va faire comme si.

Comment ça, dis-je, comme si ?

Tu vas rester là. M'aider au gouffre. Et on va attendre.

Attendre quoi ?

Tu as quelque chose d'autre à proposer ?

Il se fâchait. C'était la première fois. Comme sa sœur. Bon. Bien.

Non, dis-je. Ça me paraît pas mal. C'est raisonnable. C'est une solution raisonnable. Oui.

L'après-midi, je conduisis ma première visite. Un petit groupe de sept personnes, à savoir deux couples avec leurs enfants, qui couraient dans tous les sens, criaient, touchaient tout, voulaient grimper partout, et Jean ne m'avait pas parlé de la discipline. J'improvisai. On se calme, dis-je. On ne touche pas aux concrétions. Et on se tait. Nous sommes ici dans un gouffre, et rien ne nous dit que nous allons en sortir. Je plaisante, glissai-je aux parents. Car, ici, repris-je à haute voix, le moindre choc peut entraîner des répercussions. Des répercussions graves. C'est pour cette raison, ajoutai-je en baissant légèrement la voix, que je ne parle pas trop fort. Sinon, là-haut, crac. Ça se détache. Regardez. Ces choses pointues. Les stalactites, oui. Nous évoluons actuellement dans un véritable piège à fauves.

J'interprétais un peu ce que m'avait dit Jean, donc, mais j'eus la paix. Les enfants se turent. Ne coururent plus. Je leur montrai la défense de mammouth, sans rancune. Pour la visite sérieuse, je retrouvai les mots de Jean. J'avais potassé aussi la brochure. J'aime cet endroit, dis-je aux adultes, quand il fut temps de conclure. C'est un peu mon domaine. Alors je le protège. Vous comprenez. N'oubliez pas le guide.

Ils fouillèrent leurs poches. Je tendis la main. Nous sortîmes au soleil. Je les laissai me devancer vers la clairière et demeurai face à la porte. J'adorais ce petit bâtiment qui n'abritait rien. Son toit en pente, à un pan. Le gouffre, au-dessous, insoupçonnable. Je songeais à ma serviette. Je ne transportais plus du vide, je m'y promenais. J'avance, j'avance, me dis-je.

Je n'étais pas dupe. Je savais qu'en gros tout était fichu, qu'il n'y aurait pas de miracle. Flore ne m'aimerait pas davantage quand elle sortirait de l'hôpital. Mais je m'accrochais. Je ne savais pas à quoi, en revanche je savais à qui. Jean. Il me réconfortait. Sa naïveté. J'avais envie de le croire. Il n'avait rien dit, c'est juste. Et alors. Ça n'empêchait rien. Je lui faisais confiance. Dès qu'il dirait quelque chose, je le croirais. Et même s'il ne disait rien. J'étais là. Comme chez moi. Ça, justement, il me l'avait dit, et j'avais maintenant un peu de mal à y croire. Mais j'en avais envie. En fait, me disais-je, tout ça est une question de désir. Je désire rester ici. J'ai envie d'y être bien. Tant que ça n'empire pas.

Le lendemain, je retournai à l'hôpital. J'eus un accident. Une tôle froissée, rien de plus. Mais j'étais embêté. Je ne voulais pas trop tirer sur la corde. Jean n'avait qu'une voiture.

J'embrassai Flore brièvement, lui tendis la bouée, elle protesta. Ça ne te fait pas rire, dis-je. Pas trop, dit-elle. Je comprends, dis-je.

Je la comprenais, c'est vrai. Moi-même, j'eusse hésité à m'asseoir sur cette bouée. Je reconnaissais, humblement, que je m'étais trompé en croyant que, au prétexte que ce fût sur des canards, on pût décider en s'y asseyant d'en rire. Même sans canards, ça n'était pas drôle. Et l'ambiance, dans la chambre, était à l'avenant. Je demandai même à Flore si je la dérangeais. Non, me dit-elle. De toute façon, je n'avais pas envie de la voir. J'avais envie d'être avec elle. Et je n'y étais pas. J'allai voir Maude.

Elle, c'était différent. Elle me reconnut. Me prit le doigt. Je voyais bien qu'il se passait quelque chose, là. Cette enfant, me disais-je. Je ne l'ai pas faite, soit. Mais je ne l'ai pas inventée, non plus. Elle existe.

Je restai peu de temps à l'hôpital, parce que je n'avais pas envie non plus de rester avec Maude. Maude sans sa mère, finalement, ça n'était pas ça. Depuis la naissance, je le savais, j'avais toujours eu besoin d'une mère, pour elle. Et ça continuait. J'éprouvais le même besoin. Et le besoin, me disais-je, c'est un peu comme le désir, ça s'envisage dans la durée. Attendons, donc.

Je retournai au gouffre. Donnai des nouvelles à Jean. Demain, dis-je, tu n'auras qu'à y aller, toi. Tu a bien le droit de la voir. Tu n'as qu'à rappeler l'oncle, pour la caisse.

Nous nous entendîmes comme ça. Je demandai à Jean, au passage, si Flore ne connaissait personne. Personne d'autre. Et lui. On ne voyait jamais personne, à l'hôpital. Tu m'as pourtant parlé de ta famille, dis-je.

Tu ne m'as pas bien écouté, dit-il. Ils sont tous morts.

Ah, dis-je.

J'avais pu être distrait, en effet. Je ne le relançai pas sur les amis, les amis possibles. J'avais peur qu'ils fussent morts, eux aussi. Pour peu qu'ils eussent fait partie de la famille.

Le soir, nous dînâmes avec la serveuse. Elle était restée, sur l'invitation de Jean. Elle faisait un peu partie de la famille, justement. Me semblait-il. Je ne les avais pas vus se parler, tous les deux, mais je n'étais pas non plus là tout le temps pour tout voir. Entre les plats, elle nous servait. Jamais vraiment à table, donc, mais diserte. Elle s'entendait bien, avec lui. Je me demandai même si, au fond, mais je préférai ne pas m'avancer dans ce domaine. Je n'y avais pas que des certitudes. Toujours est-il qu'au fromage, je ne l'aurais pas juré, mais il me sembla qu'aux abords du plateau, pour une histoire de couteau qu'on se passe, leurs mains s'effleurèrent. Je leur soupçonnai bientôt, dans la retenue, une ancienneté qui ce soir-là témoignait peut-être un peu trop d'une persévérance, voire d'un acharnement. Que Jean, derrière ses airs de ne pas l'être, fût réservé, je le savais, mais il y avait là, m'apparut-il, dans la densité de leur évitement, comme un excès. De fait, leur conversation, trop systématiquement générale, excentrée, parfois, avec des pointes vers l'actualité internationale qui ne trompaient plus personne, ne tarda pas à révéler, sous l'effet du vin, le squelette qui la guindait. Suzanne, dit Jean, à un moment quelconque, ou qui me sembla quelconque. Il n'avait jamais encore appelé la serveuse en ma présence, et je crus que ça y était. Ça y était presque. Luc, ajouta-t-il. Je compris, en écoutant la suite, qu'il m'englobait dans un projet d'après-dîner, et je crus d'abord que c'était pour la forme, pour que je fisse tampon entre leurs pudeurs, mais non, ou pas seulement. Jean, je m'en aperçus plus tard, tenait à m'inclure. Je dus me composer, pour la circonstance, un personnage tout d'effacement, qui n'était pas franchement dans mes cordes, mais je consentis sans peine à ce sacrifice.

Ils nous emmena tous deux au musée. On se souvient que Jean avait le sien, à proximité de l'accueil. Nous visitâmes les ossements. Suzanne, en dépit de ses solides notions en politique, et malgré la rudesse de ses choix, qui la maintenait dans une ligne proche de la IVe Internationale, avec des nuances qu'elle avait précisées au cours du repas en frappant de son frêle poing sur la table, était bien jeune encore, et le vin engendrait chez elle une façon de tangage. Elle dut s'appuyer aux armoires, vitrées, qui abritaient la microfaune. Oiseaux, amphibiens, rongeurs, commentait Jean en la tenant aux aisselles. Va voir là-bas, me dit-il. Le radius. Le gros radius. On te rejoint. Je peux la tenir tout seul.

C'était un beau radius, en effet, de rhinocéros laineux, que nous finîmes par contempler tous trois, avachis sur l'armoire. Tu ne l'avais pas vu, le musée ? me dit Jean. Tu n'y étais pas entré ?

Il ne me soupçonnait pas, en fait. Mais je le rassurai. Je n'avais rien entrepris ici qu'il ne m'eût d'abord autorisé. Ce que je voulais, moi, c'était lui rendre service. Suivre ses instructions. Pas davantage. Mais j'étais content qu'il me montrât le musée. A présent, j'avais tout vu, au gouffre.

Tu es mon ami, me dit-il.

Il exagérait. Il avait bu. Mais je ne le lui dis pas. Il faut un peu plus de temps que ça à une amitié pour se forger, pensai-je. Et dépasser l'utilitaire. C'est ce que je souhaitais, bien sûr. Que nous fussions bien ensemble, sans considérations mesquines. Mais le besoin que j'avais de lui me semblait encore captif. Je l'appréhendais toujours comme guide. Quoique je m'y fusse engagé, je ne voyais pas trop bien le chemin.

Lui, en retour, nourrissait un besoin de moi dont j'appréciai mieux l'ampleur, ce soir-là. Quand nous quittâmes le musée, nous bûmes encore. En direction de Suzanne, il eut finalement un geste. Une sorte d'effleurement franc. Elle fondit. Discrètement, mais elle fondit. Devant moi. J'eus un peu envie de mourir, à ce moment-là, mais ça passa. Je ne me sentais pas exclu. Au demeurant, je ne soupçonnai pas Jean d'exhibitionnisme. Je crois plutôt qu'il me pressentait comme témoin. L'impression ne me quitta pas qu'il tâtait un peu le terrain, de ce côté.

Le lendemain, comme prévu, je n'allai pas voir Flore. Ni Maude. J'étais un peu désespéré d'en arriver là, à devoir me passer d'elles, mais ça ne me coûtait pas, au fond. Ça ne me coûtait plus. J'avais décidé de les attendre. Je passai la journée entre le gouffre et l'accueil, à discuter avec l'oncle. Un rescapé, en somme. Je le fis parler de sa famille, il m'en peignit l'hécatombe.

Sommairement. Il ne se plaignait plus. Trop vieux. Appréciait Jean, et regrettait qu'il ne fît pas davantage appel à lui. Avouait que, en marge de ses activités municipales, qui lui prenaient cinquante pour cent de son temps, il s'emmerdait. Ça peut peut-être s'arranger, dis-je. On a besoin de vous, ici. Je m'en aperçois chaque jour. Et Flore ? ajoutai-je. Vous n'êtes pas allé la voir ? C'est votre nièce, non ?

Il fit un geste. Pas d'exclusion, non. Plutôt l'air de dire que ce n'était pas la peine. Que, malgré l'âge, il avait le temps. Qu'elles allaient y venir, toutes les deux, au gouffre. Dans quelques jours. Il y serait, donc. Si tout se passait bien. Et qu'alors. Il sortit un paquet de dessous la table. Un gros paquet, cadeau, cubique. Tu vois, me dit-il. J'ai prévu.

Le jour suivant, je me rendis à l'hôpital. J'avais l'impression d'une routine. Sauf pour Maude. Je lui parlai davantage, cette fois, et elle parut m'écouter. Ça m'encouragea. Ta mère, lui dis-je. Puis je me tus. Sur le plan pédagogique, je tenais absolument à ne pas faire d'erreur. A Flore, je dis seulement que j'avais compris. Que c'était fini, nous deux. Que ç'avait été bien, quand même. Attends, me dit-elle. Je frémis, mais pas tant que ça. Je me mis sur mes gardes.

Tout se passe bien, me dit-elle. Et j'en ai marre d'avoir mal, ici. Je rentre demain.

J'attendis. Ça ne suffisait pas. Ce n'était pas parce qu'elle rentrait demain. J'avais beau être au gouffre, elle n'allait pas m'y retrouver. Pas forcément. Je le lui avais dit, que j'étais au gouffre, pour l'instant. A aider Jean. Et Jean aussi, sans doute, le lui avait dit. Mais vivre avec moi, évidemment. C'était autre chose.

Je rentre demain chez mon frère, dit-elle. Avec Maude.

J'attendis encore. Elle parlait lentement.

J'ai réfléchi, dit-elle. Je crois que tu as raison.

Eh bien voilà, me dis-je. Nous y sommes. Elle va demander à Jean de se passer de mes services. Sauf que Jean. Je ne suis pas encore parti, moi. Je ne m'accrocherai pas, soit. Mais qu'elle me le dise. Va-t'en. Qu'elle me le dise, seulement. J'ai l'habitude.

Je pensais à Maude, quand même, à tout ça. Quel gâchis. Mais peut-être qu'après ce sera le fond, me disais-je. Le fond de la douleur, tu te souviens ? C'est ce que tu cherchais, non ? A un moment. Mais ça te paraît moins loin, là. C'est peut-être ta chance, qu'elle va te donner. Cette chance-là.

Tu as raison, me dit-elle, je ne t'aime pas.

Ah, me dis-je, je sens que ça vient, là. Quoique je ne voie pas bien ce qu'elle pourrait m'avouer de pis. Oui, à moins que ce ne soit ça. Que j'y sois. Ça y est. Mais oui. Bien sûr. A tout hasard, je pris un siège.

Mais, me dit-elle, je sais que tu ne vas pas me comprendre.

Je ne crois pas qu'il s'agisse de comprendre, dis-je. Dans ce domaine.

Je me sentais las, plus qu'à l'accoutumée, quand je me sens las.

J'aimerais que tu restes, dit-elle.

Je me levai.

Attends, dis-je. Tu peux le redire ?

Sur le même ton ? dit-elle.

Oui, dis-je.

J'aimerais que tu restes, dit-elle.

C'était le même ton. Un rien plus sombre. Ça ira, me dis-je. Ah, lui dis-je. Ah là là. Tu ne peux pas.

Je ne voudrais pas que tu le prennes trop bien, dit-elle.

Mais si, dis-je, mais si.

C'est que ça me laisse un peu froide, moi, dit-elle, tu comprends. Comme je ne t'aime pas.

Tu peux m'aimer, dis-je.

Ça m'étonnerait, dit-elle.

Puisque je t'aime, dis-je.

Oui, dit-elle. Ça va être difficile, nous deux.

Tu oublies Maude, dis-je.

Non, dit-elle. C'est aussi ce que je veux dire.

Surtout si son père revient, dis-je.

Il ne reviendra pas.

On ne sait jamais, dis-je. Il vaut mieux s'attendre au pire. Ne me rassure pas trop. Ce n'est pas exactement ce que je te demande.

Luc, dit-elle.

Oui ?

Elle prit ma main.

Rien, dit-elle. J'espère seulement que tu seras plus raisonnable, avec Maude.

Le lendemain, je partis les chercher toutes les deux, à l'hôpital. Jean, en dépit de son inquiétude, me laissa faire. Je lui expliquai que, pour moi, pour Flore, pour Maude, surtout, l'accident était hors de propos. Que ce n'était pas parce que je lui avais froissé une tôle. Je n'ai plus peur, maintenant, lui dis-je. Il me crut. Je fus touché par sa confiance.

A l'hôpital, nous fîmes nos adieux au personnel. Je me sentais si plein d'amour, ce jour-là, que pour un peu j'eusse emmené tout le monde. J'exagère. Je demandai tout de même des nouvelles de l'infirmière, celle du sous-sol. Ça ne leur disait rien. C'était grand, comme hôpital, mais enfin. Elle est tombée, leur dis-je. Evanouie dans le sous-sol. Non ?

Non. Je tins en particulier à saluer la sage-femme. Je lui parlai du stagiaire. Nous envisageâmes, ensemble, les modalités d'une plainte. Elle nous a bien aidés, dis-je à Flore en partant.

Elle acquiesça. Tu peux marcher ? lui dis-je. Ça va, dit-elle. Je lui posai une autre question, n'importe laquelle. Elle acquiesça encore. Mais je ne poussai pas mon avantage. Je ne lui posai plus de questions. Je crois qu'elle avait besoin de silence. Le temps de s'y faire. C'est moi qui portai Maude. Flore s'installa à l'arrière, sur sa bouée, avec le couffin près d'elle. Sanglé, tout de même. J'avais insisté sur ce point.

Nous parvînmes au gouffre sans encombre. J'avais roulé lentement, un peu trop, peut-être. Flore s'en était alarmée. Je lui avais proposé de faire vite. Ce fut la seule fois, ce jour-là, qu'elle témoigna un quelconque désaccord. Ça me fit chaud.

Au gouffre, Jean nous attendait. L'oncle était là, et la jeune Suzanne. Tous trois se tenaient devant l'accueil. Ils n'étaient pas seuls. En retrait, un groupe patientait. Quand nous arrivâmes, il se joignit au trio. Hello ! cria quelqu'un. Des Anglais. Ils nous faisaient signe. Nous attendaient aussi. Jean, visiblement, les avait mis dans la confidence. Il avait tenu à faire fête. Tout le monde s'embrassa. Hello ! dis-je. Je serrai des mains. Flore, très pâle, passa d'une poitrine à l'autre, abandonna Maude à l'oncle. L'enfant circula. On va boire un coup, dit Jean.

Nous nous retrouvâmes sur la terrasse. Suzanne servit. Les Anglais se déchaînèrent. Ils trouvaient l'endroit fantastique. Les gens. On servit des alcools. Tout à l'heure, dit Jean, vous irez voir le gouffre, quand même. Il parlait français. Par chance, les Anglais aussi. Surtout l'un. On a le temps, dit-il. On est en vacances. Nous aussi, dit Jean. C'est un jour spécial. Il cherchait le regard de Suzanne. Le trouvait. Riait. Je souriais. Je les observais du coin de l'œil, tous les deux. Ça se dessine, me dis-je, le coude gauche pris par Maude. Je la berçais, distraitement. Elle pleura. Flore, dis-je. Elle regardait ailleurs, écoutait je ne sais quoi. Quelles voix. Oui, dit-elle. Elle prit l'enfant. Elle l'emmena à l'intérieur, près du bar. S'installa sur une chaise. Je les voyais, d'où j'étais. Elles s'appliquaient, toutes les deux. Voilà, me dis-je. Voilà. Bon, dit Jean. Si on se resservait à boire, nous autres. C'est triste, ces verres vides.

Suzanne nous resservit. Elle laissa les bouteilles sur la table. Nous nous resservîmes nous-mêmes. Les Anglais ne se tinrent plus. Si ça continue, me dis-je, ils vont se mettre à chanter. Bon, dit Jean. Si on allait le voir, ce gouffre. Tous ensemble. Ça va les faire bouger, me glissa-t-il. Un peu d'air. D'accord, on vous suit, intervint l'Anglais. Vous avez des bottes ? lui dis-je.

Nous descendîmes de la terrasse. Jean trébucha. Je le rattrapai. Eh bien, dis-je. Tu vas faire la visite, me dit-il. Evidemment, dis-je. On ne change rien.

Je pris la tête du groupe. Nous arrivâmes devant la porte. Celle du gouffre. Attendez, dis-je. Je fouillai mes poches. C'est idiot, dis-je. J'ai oublié les clés. Ne bougez pas. Je reviens.

Je me dirigeai vers l'accueil. Près de la table, au mur, je trouvai les clés. Pendues à leur clou. Je les pris. Ressortis. Rejoignis le groupe. Serré. Instable. Les uns se tenaient aux autres. Voilà, dis-je. (Je leur montrai les clés.) En fait, c'était l'affaire d'une seconde. On peut y aller, maintenant.

CET OUVRAGE A ÉTÉ ACHEVÉ D'IMPRIMER LE DOUZE NOVEMBRE MIL NEUF CENT QUATRE-VINGT-DIX-NEUF DANS LES ATELIERS DE NORMANDIE ROTO IMPRESSION S.A. À LONRAI (61250)
SUR BOUFFANT ALIZÉ OR
DES PAPETERIES DE VIZILLE
N° D'ÉDITEUR : 3416
N° D'IMPRIMEUR : 992743

Dépôt légal : novembre 1999